中华传奇文物书系

避暑山庄奇

窦忠如 著

北京出版集团
北京出版社

图书在版编目（CIP）数据

避暑山庄传奇 / 窦忠如著. —— 北京：北京出版社，2024.5
（中华传奇文物书系）
ISBN 978-7-200-18285-9

Ⅰ.①避… Ⅱ.①窦… Ⅲ.①纪实文学—作品集—中国—当代 Ⅳ.①I25

中国国家版本馆CIP数据核字(2023)第187810号

中华传奇文物书系
避暑山庄传奇
BISHU SHANZHUANG CHUANQI
窦忠如　著
*
北京出版集团
北京出版社　出版
（北京北三环中路6号）
邮政编码：100120

网　　址：www.bph.com.cn
北京出版集团总发行
新 华 书 店 经 销
北京华联印刷有限公司印刷
*
170毫米×240毫米　12.5印张　184千字
2024年5月第1版　2024年5月第1次印刷
ISBN 978-7-200-18285-9
定价：68.00元
如有印装质量问题，由本社负责调换
质量监督电话：010-58572393

目录 contents

- **政治成就的一份遗产** 1
  - 平定噶尔丹 2
  - "狩猎"木兰 7
  - 避暑山庄肇建的缘由 11
  - 祖孙挥毫题景名 16
  - 名副其实的"夏都" 22

- **外交风云卷塞外** 26
  - "三策凌"效应 26
  - 达什达瓦女人与寺庙 35
  - 土尔扈特人的"长征" 39
  - 雪域活佛与古稀天子 46
  - 中国台湾的"高山"来客 52
  - 接见英使的礼仪之争 55

- 山庄旧事亦纷纭⋯⋯⋯⋯⋯⋯⋯⋯⋯⋯⋯⋯⋯⋯⋯⋯⋯63
  - 一箭"射"中两位皇帝⋯⋯⋯⋯⋯⋯⋯⋯⋯⋯⋯⋯⋯63
  - 三百年草屋之谜⋯⋯⋯⋯⋯⋯⋯⋯⋯⋯⋯⋯⋯⋯⋯67
  - 猝死传闻也怪诞⋯⋯⋯⋯⋯⋯⋯⋯⋯⋯⋯⋯⋯⋯⋯76
  - "战乱皇帝"⋯⋯⋯⋯⋯⋯⋯⋯⋯⋯⋯⋯⋯⋯⋯⋯⋯82
  - "顾命大臣"顾不了自己的命⋯⋯⋯⋯⋯⋯⋯⋯⋯⋯86
  - 百年劫难伤心事⋯⋯⋯⋯⋯⋯⋯⋯⋯⋯⋯⋯⋯⋯⋯92

- 无法数点的精致⋯⋯⋯⋯⋯⋯⋯⋯⋯⋯⋯⋯⋯⋯⋯⋯103
  - 避喧听政宫殿区⋯⋯⋯⋯⋯⋯⋯⋯⋯⋯⋯⋯⋯⋯⋯103
  - 湖塞风光赛江南⋯⋯⋯⋯⋯⋯⋯⋯⋯⋯⋯⋯⋯⋯⋯114
  - 野趣横生在平原⋯⋯⋯⋯⋯⋯⋯⋯⋯⋯⋯⋯⋯⋯⋯133
  - 南秀北雄集山峦⋯⋯⋯⋯⋯⋯⋯⋯⋯⋯⋯⋯⋯⋯⋯139

- 岂止外八庙⋯⋯⋯⋯⋯⋯⋯⋯⋯⋯⋯⋯⋯⋯⋯⋯⋯⋯160

- 塞上明珠耀四方⋯⋯⋯⋯⋯⋯⋯⋯⋯⋯⋯⋯⋯⋯⋯⋯183

政治成就的一份遗产

爱新觉罗氏家族从我国东北地区入主北京所建立的清王朝，是在首先攻占了明王朝的都城后逐步建立起来的，这就决定了它要统一大业就得进行一番艰苦厮杀。同时，对那些同样觊觎中原的边疆少数民族，也要实施有效的统御方略，特别是曾经也入主中原建立过统一王朝的蒙古族。虽然他们是满族定鼎中原时的坚强同盟，但偏安一隅绝对不是铁木真子孙后代的秉性，袭扰清朝边疆问鼎中原的欲望也在不断膨胀。

为了遏制蒙古准噶尔部头领噶尔丹的这种欲望，雄才伟略的康熙在通向蒙

康熙皇帝像

清圣祖爱新觉罗·玄烨（1654—1722年），清朝定都北京后第二位皇帝，统一的多民族国家的捍卫者，蒙古族人称"恩赫阿木古朗汗"，藏族人尊称"文殊皇帝"。

古各部的交通要道处，设置了方圆数百千米的木兰围场。名为打猎的围场，实则是清朝八旗军队的练兵场，也是威慑蒙古各部的军事演习场。不过，昔日刀枪如林、战马腾哮的"战场"，如今却成了人们旅游观光的一处休憩地。特别是附近那处专供皇家狩猎时避暑休憩的宫苑，已于1994年12月被列为令世人瞩目的世界文化遗产。这恐怕不是康熙建园时所能预料到的吧？如此，就让我们一同走进那片皇家园囿，也走进一段纷繁复杂的历史。

◎ 平定噶尔丹

在长达61年的康熙王朝期间，一代英主康熙可谓是功盖千秋，堪与秦皇、汉武及一代天骄成吉思汗相比肩。如年仅14岁就设计铲除"四大顾命大臣"之一的鳌拜，开始独揽朝纲；如平定"三藩"叛乱，使中国西南半壁江山从此稳如磐石；如三次深入漠北亲征噶尔丹，使蒙古各部重新归附清廷；如收服台湾降将施琅并派遣其出兵台海，一举收复孤悬海外多年的台湾地区；如痛击沙俄侵略军后签订中俄《尼布楚条约》，最终划定了中俄两国的东段边界；如进兵西藏和新疆乌鲁木齐，派遣驻藏大臣统一管理，为后人最终勘定新疆边界奠定了基础……

所有这些功绩中，康熙对于三次亲征噶尔丹也许最为得意，剖析原因，似乎其中渗透出的政治智慧也最具有艺术性。确实，康熙将深邃的政治策略和复杂的军事目的，最后都巧妙地消融在环境优美的一片园林之中，简直称得上一位卓越的政治艺术大师。而最能体现这位政治艺术大师高妙手段的，就是因此而诞生的河北承德避暑山庄及其周围寺庙。

说到承德避暑山庄及其周围寺庙的诞生，我们不能不从蒙古准噶尔部的噶尔丹叛乱说起。早在清军八旗入关之前，蒙古各部就与清王朝建立了朝贡关系，并派遣精锐骑兵协助清廷参与中原逐鹿的征战，为清廷定鼎中原统一全国立下了不朽功勋。然而，由于政治、军事、社会和地理位置等多种因素，清廷入关后对这些地区的管理一直比较松懈。于是，势力强悍的准噶尔部在首领噶尔丹的统率下，对中原王朝开始有了觊觎之心。出生于1644年的噶尔丹，是厄鲁特蒙古准噶尔部首领巴图尔珲台吉的第六个儿子，早年曾在西藏当过喇嘛，后来借助自己在蒙古诸部中建立的声望和势力而取得准噶尔部的首领地位。骁勇善战、嗜杀成性的噶尔丹，还有一颗蓬勃生长的野心，他在沙俄的暗中怂恿和支持下，开始对蒙古各部进行打击和拉拢，实施他的蒙古大一统策略。噶尔丹攻击的首要对象，就是蒙古部落中另一强大势力——喀尔喀蒙古。分为土谢图汗、车臣汗、札萨克图汗三部的喀尔喀蒙古，各部相互之间并不团结，早在康熙初年就因为各部之间的利益纠纷而发生过内讧。几经相互倾轧，土谢图汗部的察珲多尔济暗中依附噶尔丹，想借助噶尔丹的势力独占喀尔喀蒙古。于是，精明的噶尔丹就利用喀尔喀各部之间的这种矛盾，先是支持土谢

康熙皇帝读书像

康熙皇帝是历史上极勤奋好学的皇帝之一。他一方面从历代丰富的典籍中汲取有益于自己治国平天下的知识，一方面通过与日讲和经筵的讲官讨论治国安邦之道，巩固清廷的封建统治。

图汗部用武力击败了喀尔喀蒙古的其他各部，然后又借助沙俄的先进武器装备向土谢图汗部发动兼并战争。经过几年攻占杀伐，噶尔丹基本上统一蒙古各部，控制了青海、西藏，以及新疆天山南麓的广大地区，并开始向清王朝边庭进犯。

面对噶尔丹日益嚣张的气焰，康熙敏锐地意识到如果不尽早平息噶尔丹的蒙古叛乱，一旦他联络沙俄挑起国际间的战端，将会使清王朝长期处于战乱之中。于是，康熙先是与沙俄签订《尼布楚条约》，划定了中俄两国的东段边界，然后积极备战，准备一举荡平噶尔丹的蒙古叛乱。清康熙二十九年（1690年），康熙完成了大规模的军事调动和军队集结，并接受搬起石头砸了自己脚的喀尔喀蒙古的请求，果断决定亲征噶尔丹，还蒙古及自己王朝一个太平世界。首先，康熙派遣理藩院尚书阿喇尼率军前往迎接已经率众南迁的喀尔喀诸部，并发放归化城（今呼和浩特）的大批仓粮进行赈济。其次，康熙还想用"以牙还牙"的方式来对付噶尔丹的进攻，那就是号令蒙古境内全线布防，对蒙古各部的军队也进行紧急动员，要求他们全力参战，协助清军八旗剿灭噶尔丹。

一切准备停当后，康熙授命裕亲王福全为抚远大将军、皇长子胤禔为副将，统率一路大军出古北口；授命恭亲王常宁为安北大将军、简亲王喇布和信郡王鄂扎为副将，统率另一路大军出喜峰口；自己随后则亲率御林军越过长城线上的古北口，亲临前线指挥这场战役。面对康熙的重兵压境，噶尔丹不但不收兵息事，反而秘密派遣使者向沙俄政府请求军事援助，并许诺待战争结束后将中国的雅克萨割让给沙俄。在得到沙俄总督伊斯良斯基将提供军事援助的肯定答复后，噶尔丹更加肆无忌惮，声称"今虽临以十万众，亦何惧之有"，随即兵锋直指木兰围场。康熙在组织军队进行正面歼击的同时，还遥控指挥西北策妄阿拉布坦在噶尔丹的背后进行军事策应。腹背受敌的噶尔丹，眼看不是康熙的对手，只好退守乌兰布通等待沙俄的军事支援。而此时，康熙也向沙俄政

府正式行文，要求他们严格遵守《尼布楚条约》的有关规定，不得干预清政府的内政问题。

面对康熙的严正告诫和清军八旗的数十万雄兵劲旅，沙俄政府没有冒天下之大不韪派兵援助噶尔丹。于是，噶尔丹被困乌兰布通，似乎只能是坐以待毙了。然而，狡诈的噶尔丹面对即将全军覆没的绝境，假装派遣使者向康熙请降，背地里却乘清军因双方谈判懈怠之机，竟然率领残部偷渡萨里克河，穿过乌兰布通的西沙窝子，最终逃回了科布多。不过，虽然康熙的第一次平叛未竟全功，但是经过乌兰布通一战，噶尔丹已经基本丧失大规模进攻的军事能力。随后，康熙又发动两次御驾亲征，终于彻底平定了噶尔丹的叛乱，并在蒙古建立了盟

中俄《尼布楚条约》签约场景

《尼布楚条约》，俄方称《涅尔琴斯克条约》，是清朝和沙皇俄国之间签订的第一份边界条约，也是中国与西方国家缔结的第一份国际条约。

旗制度，稳定了那里的局面。

当然，和平环境绝对不是因为一两场战争就能够永久保证的，它还需要强有力的武力威慑和有效的政治管理。康熙深谙治国方略，他明白虽然蒙古的噶尔丹被剿灭了，但并不表示中国北方边境就永久安宁了。特别是在《尼布楚条约》签订之前，沙俄帝国就利用两国边界没有最终划定的空子，曾不断对蒙古地区进行蚕食，后来又或明或暗进行了许多颠覆和渗透活动，妄想把清廷再次拉入战争的旋涡。在如此严重的复杂情况下，康熙觉得修建稳固的"塞外长城"已经是刻不容缓的事情了。但是，具有超凡脱俗政治智慧的康熙所要修建的"塞外长城"，并不是砖石砌筑的有形长城，也不是勇猛八旗军队组建的"军事长城"，而是要将蒙古各部结成一个坚强无比的政治同盟，使他们成为自己的一道坚不可摧的"政治长城"，永远固守着塞外的漫漫边陲。而要想牢牢控制住这道无形的"政治长城"，康熙还要有高妙的统御策略和铁一般的政治手腕，那就是设置木兰围场。

那么，木兰围场将选择在什么地方，皇家最终"狩猎"的又将是什么呢？

乌兰布通佟国纲雕像

佟国纲（？—1690年），清朝大臣，隶属满洲镶黄旗，康熙皇帝的舅舅。曾随从索额图与沙俄订立《尼布楚条约》，保护清朝的北部边界安全。随康熙皇帝征讨噶尔丹时阵亡于乌兰布通。

◎ "狩猎"木兰

其实，木兰围场早在康熙二十年（1681年）就建立了。当年，以吴三桂为首的"三藩"举兵叛乱时，八旗劲旅已经失去昔日勇猛剽悍和英武善战的雄风，被叛军打得落花流水，一败涂地。于是，康熙痛定思痛，在任用汉军将领统兵平定"三藩"后，就决定要建立一处固定的大型狩猎场所，每年以狩猎方式来锤炼八旗兵勇的斗志。当然，康熙所选择的狩猎场绝不是单纯地为了狩猎演兵，他所要"猎取"的还有蒙古各族的永远臣服，以及清帝国北方边陲的世代安宁。

1681年，康熙经过数日的长途跋涉和多方勘测，终于选中蒙古高原一处水草丰美、栖息着无数珍禽异兽的天然牧场，准备在此建立木兰围场。此处原为蒙古喀喇沁、翁牛特和敖汉等部落的游牧栖息地，南面直抵燕山山脉，北方连接坝上草原，方圆有数百千米之阔，这里不仅是野兽繁衍生息的良好栖息地，也是军队演兵练武的理想场所。当然，这里更是由京师通往蒙古腹地的战略要道。于是，康熙以独到的眼光和魄力下令在此建立木兰围场。木兰，是满语"哨鹿"的意思。据《清史稿》中解释说：

哨鹿者，凡鹿始鸣，恒在白露后，效其声呼之，可引至。

也就是说，鹿在每年白露之后已经长成，只要学着鹿的鸣叫声就可以将其引诱出来而射猎之，说到底这是一种诱猎的方式。围场，就是狩猎的场所而已。方圆数百千米的木兰围场建成之后，被按照地形划分成72个小围，而狩猎区域则有一定的限制，每年各不相同，其目的是便于野兽繁衍生息以待来年进行狩猎。

每年围猎区域确定后，先要设置一座方形的黄色帐房，这是专为皇帝观围所设立的看城，也是每次围猎区域的坐标。据文献中记载，满族皇家狩猎的程序可以分为布围、待围、观围和罢围四个步骤进行。当天未破晓的时候，参加

康熙皇帝戎装像

此为康熙皇帝年轻时的画像。骑马射箭是清代皇帝必备的技能。

围猎的八旗劲旅就陆续走出营帐，按照所属的正黄、镶黄、正白、镶白、正红、镶红、正蓝、镶蓝八旗秩序集结在看城附近，准备布围。当然，所有参加布围军队的调动都要由最高贵的黄旗来指挥，两翼则以红旗和白旗延伸围拢，压阵的是蓝旗。两翼撒开范围后，最初有三四十里长，当两翼红旗和白旗合拢以后，在黄旗的指挥下开始逐渐缩小包围圈，最后达到"人并肩、马并耳"的程度，就算完成了布围任务。第一道人墙布置好以后，还要再设第二道重围，如果围住的野兽从第一道围内蹿出，第二道围的将士就必须负责射杀它们，否则让野兽逃脱就要受到惩罚。

布围就绪后，全体将士要摘下帽子，并把马鞭举起来高呼一声"玛尔噶"（蒙语"帽"的意思），这是发出待围的信号。这时，压阵脚的蓝旗将士驰马直奔御营，恭请皇帝驾幸围场，狩猎活动便正式开始。首先，由皇帝亲自操演弓马，追逐射杀野兽，然后是扈从的皇子皇孙和王公大臣以及神机营、虎枪营的御林军将士们紧紧尾随其后，他们或驱犬架鹰，或张弓搭箭，始终不能离开皇帝身边。而偌大的围场里，这时只有皇帝一个人才可以射猎，这不仅表示天子独尊的威严，也是为了便于记录皇帝射杀猎物的数目，好向满朝文武特别是蒙古贵族展示皇家的勇猛和威武。当然，待皇帝行猎结束回到看城之后，就是察看皇子皇孙、王公大臣和八旗子弟们进行集体狩猎了。不过，在这个过程中狩猎的形式并不重要，重要的是这将作为选拔人才和奖惩官吏的一种依据，所以参加围猎的人个个奋勇当先，不敢有丝毫的松懈和怠慢。通过围猎，考察的当然不仅是皇子皇孙和王公大臣，还起到对八旗官兵的军容军纪和战斗力进行检阅的一种作用，如果队伍不整将会受到惩处，军容严整的将会得到奖赏。因此，八旗将士对待猎场就像是在战场上一样，如此也就达到了康熙设立木兰围场以提高部队作战能力的最初目的。

按照康熙当年的规定，蒙古王公每年都要分班到木兰围场参加狩猎和觐见。不过，蒙古王公在围猎中捕获射杀动物的多与少，都不会受到惩处，皇帝

只会根据他们猎物多寡进行不同奖赏，以表示皇家对他们的厚待和体恤。当然，狩猎活动结束即罢围之后，皇帝还要为蒙古王公和其他少数民族首领举行野宴慰劳他们。在这样的宴会上，人们一边喝着美酒，吃着猎获的野味，一边欣赏着歌舞和各种竞技，以此来缓解围猎时的疲劳和紧张。如果皇帝高兴的话，他还会亲自"下厨"烧烤鹿肉，分赏给王公大臣和蒙古王公们。试想，在如此欢洽的氛围中蒙古王公还会想着去征战和杀伐吗？即便有个别蠢蠢欲动者，康熙依然有钳制他们的方法，那就是早在2000多年前汉人已经使用过的"和亲"策略。据文献记载，康熙将自己8个成年女儿中的6人下嫁到塞北蒙古。有美女美食和特别恩惠相送，又有金戈铁马枕戈待旦地虎视身边，蒙古贵族何须重蹈噶

塞宴四事图

清代郎世宁绘，故宫博物院藏。描绘了乾隆皇帝在木兰秋狝后，于避暑山庄接见宴请蒙古部族首领，举行诈马（赛马）、什榜（音乐）、布库（相扑）、教跳（驯马）等四事的场景。

尔丹的悲剧覆辙呢？

不过，木兰围场毕竟距离京城有千里之遥，其间山水阻隔导致的交通不便且不多说，就是狩猎队伍沿途进行休整和补充物资也十分困难。为了保障皇帝每次前往木兰围场有充足的精力举行狩猎活动，这就需要在沿途修建一些行宫。于是，这就引出了肇建承德避暑山庄的前前后后。

◎ 避暑山庄肇建的缘由

康熙四十年（1701年）冬季，康熙率领满蒙骑兵北出长城关隘喜峰口，顶着凌厉的寒风向塞外进发。一路上，康熙一边行围射猎，一边踏勘建立行宫的地点。一天，他在"访问村老"中得知热河一带的风水很好，就专程前往热河进行踏勘。来到武烈河边磬棰峰下的热河上营时，康熙见这里地形复杂，山水俊美，既有叠翠葱郁的山峦、幽深静谧的峡谷，又有碧绿如茵的草地，蜿蜒回环的河流，简直将南秀北雄的气势都汇集齐全了，于是决定在此修建大型的离宫别苑。

确实，康熙选中热河上营的这个地方，具有十分优越的造园条件。对于造园地理形势的讲求，《园冶》中有这样的记述：

园地惟山林最胜，有高有凹，有曲有深，有峻而悬，有平而坦，自成天然之趣，不烦人事之工。

而热河上营，也就是今天的避暑山庄，是从西面广仁岭向东延伸出来的山岭，其东面有武烈河，南北分别是西沟旱河和狮子沟旱河两条季节性河流，这种三面傍水、一面连山的地势，正所谓"相地合宜"的造园妙地。被圈进山庄里的山峦，地形复杂，富于变化，峰峦突兀，连绵不绝，可以说是"横看成岭

侧成峰，远近高低各不同"。而山庄内的平地里，泉水喷涌，出水旺盛，且水温也较高，即便是隆冬时节也不会结冰，更别说山峰之间"富流泉，随处皆可引"的绝妙了。更神奇的是，深秋时山庄内的湖中荷花盛开，经久不谢，这在长城塞外是极为罕见的。难怪康熙也感叹说："朕数巡江干，深知南方之秀丽；两幸秦陇，益明西土之殚陈；北过龙沙，东游长白，山川之壮，人物之朴，亦不能尽述，皆吾之所不取。惟兹热河，道近神京，往还无过两日；地辟荒野，存心岂误万几。因而度高平远近之差，开自然峰岚之势。依松为斋，则窍崖润色；引水在亭，则榛烟出谷。皆非人力之所能，借芳甸而为助；无刻桷丹楹之费，喜林泉抱素之怀。"既然如此，康熙决定于1703年在热河上营动工兴建行宫，经过五年时间的施工，于1708年便初步建成了。后来，因为其饶有山林村庄之野趣，康熙便亲笔将其题名为"避暑山庄"，并一直沿用至今。

其实，康熙确定在热河兴建上营行宫，不单是这里具备兴建园林的绝好地理环境，还因为它"道近神京，往还无过两日"的重要政治因素。记得朝鲜作家柳得恭曾经指出："窃观热河形势，北压蒙古，右引回回，左通辽沈，南制

避暑山庄匾额

避暑山庄匾额由康熙皇帝题写

天下，此康熙皇帝之苦心，而其曰'避暑山庄者'，特违之也。"是的，避暑山庄名为避暑，实则是木兰围场的政治功用之延伸。关于这一点，康熙的孙子乾隆皇帝曾经剖析得十分深刻。确实，从1681年开辟木兰围场到1703年兴建避暑山庄的22年间，康熙先后出巡蒙古达19次之多。在这期间，他不仅完成了对蒙古原有部落盟旗改组的政治方略，共同取得了抵御沙俄两次进攻的胜利，从而最终划定中俄两国的东段边界，还平息蒙古内部的叛乱势力，并对蒙古灾民进行妥善安置和救济。所有这些措施的采取，都对加强蒙古管理和巩固清朝北方边疆起到极为重要的作用。

康熙选择在热河兴建行宫，除了重要的政治原因和良好的造园条件外，还有一个军事地理位置险要的因素。在中国的历史上，热河一带所处的滦河、伊逊河流域是华北通向蒙古草原的水路干线。早在清朝统一全国初年，长城线上的古北口、热河行宫、塞外的木兰围场与京城就连成了一线，是京师通往漠南蒙古、喀尔喀蒙古、黑龙江和沙俄尼布楚的交通要道。这条道路，不仅是当年康熙发起乌兰布通战役的出兵通道，也是后来咸丰年间调动蒙古骑兵入关抗击英法联军的咽喉。关于这条通道重要的战略地位，康熙曾有诗这样形容说：

地扼襟喉趋朔漠，天留锁钥枕雄关。

确实，从军事地理上说，这里北控蒙古大漠，南卫首都北京，是兵家必争之地。同时，从康熙一贯体恤民众的民本思想来讲，"此地旧无人居，辟为离宫无侵田庐之害"，所以在此建立行宫是再好不过的选择了。

当然，名为避暑山庄，它自然具有良好的避暑休闲功用，也就是说这里的生态环境比较好。确实，热河境内的丰宁和围场县北部是东西走向的阴山山脉，俗语叫坝上，海拔都在1400米以上，而围场东北是阴山余脉、大兴安岭和七老图山的交会处，形似一个倒三角形，不仅大大削弱了来自西伯利亚寒流对热河

热河兵备道官廨图

清光绪年间廷雍绘制。热河道台衙署由"分巡热河兵备道"首任道台陶正中于清乾隆五年（1740年）修建。

的侵袭，还将顺着滦河、潮河流域上溯的海洋性季风和暖流阻挡于坝下。所以，这就使海拔仅有300~700米的热河一带，基本上处于气候温润的环境之中。另外，热河一带的森林覆盖率达到50%~70%，且境内纵横交叉的河流也较多，这都使该地区雨量充足，气候凉爽。在这样适宜的气候条件下，热河自然生态环境胜于塞外，比京城也要优越得多。清代学者赵翼在《古北口》一诗中写道：

设险人增一堵墙，天然寒燠岂分疆？
如何一样垂杨树，关内青青关外黄。

综合上述，康熙在热河修建行宫真可谓深思熟虑、用心良苦。不过，仅仅以围场和行宫的形式来管理蒙古是远远不够的。于是，伴随围场和行宫而诞生

政治成就的一份遗产

的还有围班制度。所谓"围班",其实就是年班制度的延伸。年班,是指居住在中国边远地区民族的首领每年例行朝见皇帝的一种制度。早在清顺治年间,年班制度就已形成,后来清朝定鼎中原处在百业待兴之际,不仅放松了对蒙古等塞外少数民族的管理,同时也由于蒙古王公地处边远高寒地带,且未经出痘的人很多,而京城的气候又与边塞所不同,故当时一旦有人进京时发病就会危及生命。所以,为了消除蒙古王公在朝见时出痘身亡的顾虑,也避免他们将这种"祸害"带进京城,后来就将年班改为围班,也就是说朝见皇帝不必千里迢迢来到京城,而在木兰围场朝见即可。而自从康熙修建避暑山庄后,围班地点又移到了热河行宫。当然,无论是年班还是围班,都是清帝王笼络蒙古王公的一种手段而已。

避暑山庄全图

清常念慈绘,描绘的是清光绪年间避暑山庄及周围外八庙的情形

承德避暑山庄建成后，极大地吸引了清王朝的统治者，康熙几乎每年都要陪奉太后或携儿带孙来此居住几个月，极少有例外。皇帝驾临避暑山庄，各蒙古王公自然也要到避暑山庄来拜谒，并参加宴会和领受赏赐，然后再去木兰围场进行狩猎。通过这些活动，康熙既融洽了蒙古上层贵族之间的关系，增强了他们对中央政府的向心力，也实现了他不修筑长城也能保证边疆稳固的政治军事目的。

◎ 祖孙挥毫题景名

《热河志》中记载，避暑山庄自康熙四十二年（1703年）动工兴建到乾隆五十七年（1792年）全部完工，历时长达89年之久。避暑山庄的整个修建过程，大致可以分为两个时期、四个阶段，共兴建了184处建筑及景点。其中，最为著名的景点有72处，也就是康熙和乾隆祖孙两代皇帝竞相题写景名的地方。

肇建避暑山庄，可以分为康熙和乾隆两个时期。山庄的创建阶段，是康熙四十二年（1703年）至康熙四十七年（1708年），此前清朝皇帝出塞巡幸，都要驻跸在史称热河下营或上营的地方，热河行宫名称的第一次出现是在康熙四十七年（1708年）的《热河志》中，由此可知这时的避暑山庄已经初具规模，基本上具备了接待皇帝食宿的条件。这个阶段，避暑山庄主要是开拓湖区，修建洲岛桥堤，如芝径云堤、澄湖、如意湖、上湖、下湖、西湖和半月湖等几个湖泊，以及湖中的环碧、如意洲和月色江声三个小岛都已经基本形成，并有20余组建筑亦已竣工。记得当年大学士张玉书在游览行宫后，曾经著有文章如此描绘避暑山庄的壮丽景象：

登舟泛湖，湖之极空旷处与西湖相仿佛，其清幽澄洁之胜，则西湖不及也。岸有乔木数株，近侍云："此皆奉上命所留。"随树筑堤，苍翠交映，而古干更具屈蟠之势。身中遥望胜概，不可殚述。有远岸萦流其浩淼者，有岩回川抱极其明秀者，万树攒缘，丹楼如霞，谓之画境可，谓之诗境亦可。

其实，这时张玉书所见到的避暑山庄还只有16处景点，即其所撰《扈从赐游记》中的记载：

一曰澄波叠翠，御座正门也；

一曰芝径云堤，则长堤也；

一曰长虹饮练，则长桥也；

一曰暖流暄波，则温泉所从入也；

一曰双湖夹境，则两湖隔堤处也；

一曰万壑松风，则入门山崖之殿也；

一曰曲水荷香，则流觞处也；

一曰西岭晨霞，则关口西岭也；

一曰锤峰落照，则远望苑西一峰也；

一曰芳渚临流，则石蹬之小亭也；

一曰南山积雪，则苑内一带山地也；

一曰金莲映日，则西岸所见金莲数亩地也；

一曰梨花伴月，则春月梨花极盛处也；

一曰莺啭乔木，则堤畔乔木数株也；

一曰石矶观鱼，则石矶随处可垂钓者也；

一曰甫田丛樾，则田畴林木极盛处也。

承德避暑山庄的初成，是清廷的一件大事，因为从此中央政府怀柔绥远政策的实施场所，基本上就选在了这里。所以，面对这样一件盛事，康熙就让宫

热河行宫图

  清代冷枚绘,故宫博物院藏。该图完整地展示了早期避暑山庄景象,清史专家认为这幅画作于1711年至1713年,为康熙皇帝六十大寿而作。

廷画师冷枚画了一幅《热河行宫图》，艺术地再现了避暑山庄和周围群山的风貌。如今，这幅画作成了人们了解当年避暑山庄景况的依据。

康熙时期避暑山庄建造的第二个阶段，是从康熙四十八年（1709年）到康熙五十二年（1713年），其主要工程是修建宫殿和扩展湖区。在修建宫殿过程中，康熙于康熙五十年（1711年）为正宫澹泊敬诚殿题写了"避暑山庄"的匾额，避暑山庄从此而得名。湖区的扩展，主要是开辟东湖，在原有几个湖泊基础上又增加了镜湖和银湖。同时，康熙还将抄没江西总督噶礼所得的赃款，用于为避暑山庄修筑了环绕十里的虎皮宫墙。

经过康熙近10年的修建，避暑山庄已有40余处景点。于是，康熙亲自撰写了《避暑山庄记》一文，用以记载修建避暑山庄的起因和经过。同时，他还将自己以四字题名的36处景点，编成了一本小册子，并为每个景点都写了序题诗，这就是"康熙三十六景"的由来。康熙三十六景为：

1 烟波致爽	2 芝径云堤	3 无暑清凉
4 延薰山馆	5 水芳岩秀	6 万壑松风
7 松鹤清樾	8 云山胜地	9 四面云山
10 北枕双峰	11 西岭晨霞	12 锤峰落照
13 南山积雪	14 梨花伴月	15 曲水荷香
16 风泉清听	17 濠濮间想	18 天宇咸畅
19 暖流暄波	20 泉源石壁	21 青枫绿屿
22 莺啭乔木	23 香远益清	24 金莲映日
25 远近泉声	26 云帆月舫	27 芳渚临流
28 云容水态	29 澄泉绕石	30 澄波叠翠
31 石矶观鱼	32 镜水云岑	33 双湖夹镜
34 长虹饮练	35 甫田丛樾	36 水流云在

威弧获鹿图

　　清代绘制，故宫博物院藏。描绘了乾隆皇帝在木兰秋狝骑马狩猎的场景。画中的乾隆皇帝身跨骏马、拉弓放矢，远处的奔鹿应声而倒，皇帝身旁的皇妃骑马紧紧追随侍奉，在关键时刻将一只只羽箭奉上，演绎了皇家版的夫唱妇随。

　　告别康熙修建避暑山庄的时代，迎来了避暑山庄建造的鼎盛时期，那就是崇尚奢华的乾隆年代。乾隆皇帝修建避暑山庄也分为两个阶段：一是乾隆六年（1741年）至乾隆十九年（1754年），重点工程仍是宫殿建设；二是乾隆二十年（1755年）至乾隆五十七年（1792年），主要进行一些工程的增建。而被称为"乾隆三十六景"的，在乾隆时期的第一阶段就题写了。不过，乾隆皇帝题写的三十六景并不都是乾隆时期修建的，有许多是康熙建造而未能收进他那三十六景之中的。乾隆皇帝曾说：

　　今年敬奉安舆，来驻于此。自夏至初过，讫于处暑，招凉延爽，弦望再更，机政之余，登临览结，乃知三十六景之外，佳胜尚多，幸而录之，复

得三十六景。各题二十八字，其中有皇祖当年题额者，亦有迩年新署名者。

据《热河志》及有关文献记载，乾隆三十六景中，康熙题名的就有十六景，即水心榭、颐志堂、畅远台、静好堂、观莲所、清晖亭、般若相、沧浪屿、一片云、萍香泮、翠云岩、临芳墅、涌翠岩、素尚斋、永恬居、如意湖。康熙已经题名而被乾隆皇帝改名的有四景：澄观斋（惠迪吉）、宁静斋（淡泊）、玉琴轩（图史自娱）、罨画窗（霞标）。康熙修建但没有题名，而由乾隆皇帝题名的有六景，即采菱渡、凌太虚、绮望楼、万树园、试马埭、驯鹿坡。以上共有二十六景，再加上后来乾隆皇帝题写的丽正门、勤政殿、松鹤斋、清雀舫、冷香亭、嘉树轩、乐成阁、宿云檐、千尺雪和知鱼矶十景，被统称为"乾隆三十六景"。乾隆三十六景总汇如下：

1 丽正门	2 勤政殿	3 松鹤斋
4 如意湖	5 青雀舫	6 绮望楼
7 驯鹿坡	8 水心榭	9 颐志堂
10 畅远台	11 静好堂	12 冷香亭
13 采菱渡	14 观莲所	15 清晖亭
16 般若相	17 沧浪屿	18 一片云
19 萍香泮	20 万树园	21 试马埭
22 嘉树轩	23 乐成阁	24 宿云檐
25 澄观斋	26 翠云岩	27 罨画窗
28 凌太虚	29 千尺雪	30 宁静斋
31 玉琴轩	32 临芳墅	33 知鱼矶
34 涌翠岩	35 素尚斋	36 永恬居

避暑山庄丽正门匾额

清乾隆皇帝御题，汉、满、蒙、藏、维五种文字

乾隆五十七年（1792年），基本上完成了历史赋予自己使命的乾隆皇帝，在建造避暑山庄的最后一个景点时，他似乎决定要把皇位禅让给儿子嘉庆皇帝，所以他将这一建筑取名为继德堂。不过，此时已经是82岁高龄的乾隆皇帝依然是耳不聋、眼不花，对朝中大事还是一言九鼎，无人能够抗拒。当然，乾隆皇帝不忍放手的不仅是至高无上的皇权，还有他一生游玩不够的皇家园林。其中，除了拥有康乾七十二景的避暑山庄，还有同期建造在其周围的诸多寺庙，它们就像镶嵌在山庄脖颈上的颗颗明珠，为避暑山庄增添了一种别样韵味，这又岂是乾隆皇帝所能够舍弃的呢？

◎ 名副其实的"夏都"

确实，以独特造园手法建造的承德避暑山庄，融合了中国南北园林的诸多特点，还兼具中国南秀北雄的自然地理之精妙，简直称得上中国名胜园林之集大成者。概括起来，避暑山庄有这样几个特点：一大、二野、三朴、四精。

大，避暑山庄占地面积达560多万平方米，比北京的紫禁城和颐和园的面积还要大出100多万平方米，是中国古代最大的皇家园林；野，避暑山庄基本上是取自然山水之本色，不仅山、川、林、泉是自然天成，就连其中的兔、鸡、鹿、鹤也不曾进行驯化，非常富有山野之情趣；朴，避暑山庄里的所有建筑，基本上是以朴素淡雅的灰色砖瓦为主要建材，很少有粉饰彩绘的，与周围乡野村庄显得非常协调而和谐；精，避暑山庄的造园技艺十分精湛，布局也非常严谨，特别是因地制宜的造园思想，更具有一种巧夺天工的意韵，而景点的建筑设计、工艺手法和雕刻技艺等诸多方面，都是极为精巧而细致的，这一点在世界园林史上也颇有盛名。

如此美妙的一处避暑胜地，是向来就喜欢享受的皇家所不会忽视的，何况当年康熙与乾隆祖孙二人还是刻意建造的呢。所以，从康熙初创热河行宫到乾隆皇帝将避暑山庄全部建成，这里便一跃成为清王朝帝王们"省方驻跸"的"夏都"。特别是在康熙和乾隆时期，康熙皇帝和乾隆皇帝两人每年几乎有一半的时间都是在承德避暑山庄里度过的。除了因改革而忙得焦头烂额的雍正皇帝无暇来到避暑山庄之外，此后清代所有的帝王都对避暑山庄情有独钟。既然承德避暑山庄成了清代帝王们避暑休闲的好去处，每年在此居住的时间又如此之长久，那么许多朝

围猎聚餐图

清郎世宁绘，故宫博物院藏。乾隆皇帝几乎每年都要至木兰围场或南苑狩猎，画面描绘乾隆皇帝率领一行人外出猎毕后归途休息，煮食鹿肉的场面

廷政务也就必然要在此处理。既然这处避暑胜地还兼有处理政务的功用，说它是清政府的"夏都"应该不会有什么异议吧？既然避暑山庄是清廷的"夏都"，就必然要有一整套政治机构和办公设施。所以，在避暑山庄里设立办公区，就成了这处皇家园林的一大特色。

自从避暑山庄成了仅次于北京的第二个政治中心后，清王朝许多重大政治活动都是在这里策划和完成的。其中，最明显的就是外交问题，诸如多次抚绥少数民族、接见外国使节，以及与周边国家谈判等，都使避暑山庄的政治意味更加浓厚。而到了清中晚期，既有嘉庆皇帝在避暑山庄驾崩猝死，也有咸丰皇帝为逃避战乱而"巡狩"塞外，乃至最后也病死在烟波致爽殿里的悲怆。当然，决定清王朝最后数十年命运前程的辛酉政变，也是慈禧太后在避暑山庄里策划

嘉庆皇帝像

清仁宗爱新觉罗·颙琰（1760—1820年），乾隆皇帝弘历第十五子，清入关后的第五位皇帝。嘉庆二十五年（1820年）在避暑山庄突然驾崩。

完成的。所有这一切，无不表明避暑山庄政治"夏都"的地位和作用。

而随着避暑山庄的兴盛，周边的王府、衙署、馆驿、学校、茶楼和酒肆等，也都逐渐增加并健全起来，乃至成就了今天的一座城市——承德。其实，早在康熙年间承德就已经非常热闹了，文献中有这样的记载：承德不仅是"生理农商事，聚民至万家"的城镇，还呈现出"万家灯火较前增，井邑纷添有卖蒸"的繁荣景象。

外交风云卷塞外

作为满清王朝的皇家离宫，避暑山庄的政治意味是比较浓厚而独特的。浓厚自不必说，清朝帝王们经常驻跸山庄，且每年时间达数月之久；而独特则主要表现在外交方面。不过，向来无小事的外交活动，并不都是风和日丽，有时还有风云翻卷，抑或隐含着狂风暴雨。那么，面对由塞外席卷而来的外交风云，清朝帝王们是如何应对的呢？关于在避暑山庄发生的外交风云，我们截取发生在乾隆年间的几个片段进行客观表述，也许能起到窥斑见豹的作用。如此，让我们一同走进清王朝那最为鼎盛辉煌的康乾盛世时期，再一同感受那庞大帝国的尊严与自大。

◎ "三策凌"效应

当年，康熙三次亲率大军深入漠北平定噶尔丹的叛乱后，为清王朝赢得了一个相对稳定的长时间的发展机会。然而，向来以扩张为荣耀的蒙古人，并不安分守己，他们始终是清王朝北方边庭的隐患和威胁。对此，清王朝帝王们除了费心劳神地加以警觉和戒备外，一直没有什么好方法来保证对蒙古部落管理的长治久安。时间到了乾隆年间，转机也终于送到了自誉为"十全皇帝"的乾隆面前。

游牧于天山南北的漠西蒙古族，在元明时期是瓦剌，清朝时期称卫拉特或厄鲁特蒙古，并分为准噶尔、和硕特、杜尔伯特和土尔扈特四个部落。在这四个部落中，居住在伊犁河流域的准噶尔部，水草丰美，畜牧发达，势力十分强大，经常挑起事端，欺凌其他各部。明崇祯元年（1628年），土尔扈特部不堪忍受准噶尔部的欺凌，就举族向西迁移到了额济勒河（今伏尔加河）下游进行游牧。后来，土尔扈特部又历尽艰辛，万里迁徙投靠清王朝，从而上演了一出悲壮的历史活剧。关于土尔扈特部万里东归的传奇，将在后面详述。

自从土尔扈特部不堪准噶尔部欺凌而迁移后，准噶尔部在漠西蒙古地区更加有恃无恐，屡屡对其他部落实施攻击和欺凌。随后，和硕特部也不得不从原居住地域迁徙到青海境内。如此，在广大漠西蒙古地区除了他们留居的部分人

乾隆皇帝戎装像

清郎世宁绘，故宫博物院藏。描绘了乾隆四年（1739年）乾隆皇帝亲临南苑检阅八旗军的队列及各种兵器、火器操练活动时的形象。

员外，大部分为准噶尔和杜尔伯特两个部落所有，后来虽然从杜尔伯特部落中又分离出一个辉特部占据了原来土尔扈特部地域，成为新的漠西蒙古四部之一，但是由于准噶尔部势力强大，居于统治地位的依然是飞扬跋扈的准噶尔部。

不过，那时的准噶尔部不敢轻易地对清王朝挑起战端，还于顺治三年（1646年）向顺治皇帝奉表进贡，表示臣服，承认清王朝的中央政府地位。康熙年间，准噶尔部首领噶尔丹依靠沙俄势力的支持，搞起民族分裂的叛乱活动。于是，也就有了后来康熙绞杀噶尔丹的历史功绩。等到康熙的孙子乾隆皇帝继位时，已经恢复元气的准噶尔部对清王朝的态度又变得强硬起来。所以，乾隆皇帝登上皇位的第二天就宣布说："今日之大事，唯西北用兵与苗疆耳。"只是"今日之大事"，一直拖了10年的时间，才水到渠成地提上乾隆皇帝的议事日程。

乾隆十年（1745年），准噶尔部首领噶尔丹策凌因病去世后，他的三个儿子展开争夺汗位的斗争。经过长达8年的互相残杀后，达瓦齐终于夺得准噶尔部的汗位，成为准噶尔部新的统治者。面对久经战祸的准噶尔部，达瓦齐本应该采取休养生息的养民政策，抚平战争带给自己子民的创伤。然而，报复心理极强的达瓦齐，竟然率部对在那场夺权斗争中持观望态度的杜尔伯特部进行残酷的攻击报复。在进攻杜尔伯特部的过程中，达瓦齐还伙同哈萨克汗国共同对杜尔伯特部进行空前洗劫，不仅俘获斩杀许多牧民，还抢掠大量财物和大片土地。就在杜尔伯特部落面临灭族威胁的危急时刻，部落首领策凌台吉、策凌乌巴什和策凌孟克三个人经过紧急谋划，一致认为"依准噶尔非计也，不如依天朝为永聚计"。于是，杜尔伯特部3000余户10000多人在三策凌的率领下，毅然于乾隆十八年（1753年）十月离开额尔齐斯河，扶老携幼历经34天的长途跋涉，终于迁入了清朝控制的乌里雅苏台地区。

对于杜尔伯特部举族内迁，乾隆皇帝十分重视，立即派遣朝廷大员前往安抚，救济他们牛羊20000余头、粮食4000余石，并将三策凌所部编为"旗"，

准噶尔古城遗址

  准噶尔古城遗址位于新疆维吾尔自治区和布克赛尔蒙古自治县城东南，该城建于明崇祯十二年至十六年（1639—1643年），是准噶尔汗国初期的王庭，是准噶尔汗国的军事、政治、经济、文化活动中心。

任命策凌台吉为杜尔伯特赛音济雅哈图盟的盟长。同时，乾隆皇帝还决定于第二年在承德避暑山庄接见三策凌，奖励他们举族内迁的历史功绩。为了隆重接待三策凌等人，乾隆皇帝让内务府做了充分准备，在自乌里雅苏台到承德的沿途设立24个驿站，每站配备160匹换乘快马、24只装载物品的骆驼以及供他们食用的20只羊，还降旨要求除留守在京城负责总理事务的王公大臣外，其余各王公大臣都要到承德避暑山庄参加这次接见活动。为了保证三策凌所部人员在承德离宫的安全，乾隆皇帝命令承德军政长官，将避暑山庄附近所有出痘人员全部移往广仁岭以西的郊外，以免三策凌等人染痘。同时，乾隆皇帝又派遣侍郎玉保亲往乌里雅苏台，陪同三策凌等人先期前往承德。

为了表示对三策凌的重视，乾隆皇帝这年巡幸塞外的时间提前到五月份。一到承德避暑山庄，乾隆皇帝不顾鞍马劳顿，对先他十余天到达的三策凌进行封赏。第二天，乾隆皇帝又在澹泊敬诚殿召见三策凌，此后连续在流杯亭、卷阿胜境和万树园等地设宴招待三策凌等人。特别是在万树园的那次宴会上，乾隆皇帝将朝廷各部王公大臣都召集而来，就连四个部落的首领也都应邀参加了。在蒙古包里举行宴会过程中，乾隆皇帝精心安排了各种娱乐活动，既有蒙古族等少数民族特色的摔跤和赛马等表演，也有意大利画师当场作画纪念的新鲜活动。在万树园连续七天的宴会活动中，每天晚上的万树园都灯火通明，声乐喧天，烟花四起，歌舞不断，简直是满园沸腾，热闹非凡。当然，乾隆皇帝之所以如此隆重地优待三策凌，不仅仅是一种欢迎的礼仪形式，也是想借机展示清帝国的富有和实力。同时，乾隆皇帝还在这样欢乐融洽的气氛中，轻松地得知了准噶尔部内部的真实情况和军事实力，从而促使他下定决心要彻底解决准噶尔的问题。于是，半个月后乾隆皇帝在避暑山庄批准了军机处关于平定准噶尔部叛乱的军事计划。

就在乾隆皇帝在避暑山庄优待三策凌，准备对准噶尔部采取军事行动之时，成为蒙古新四部之一的辉特部台吉阿睦尔撒纳，因为与准噶尔部首领达瓦齐争夺汗位而发生了激烈征战。阿睦尔撒纳是准噶尔部原首领策妄阿拉布坦的外孙，当年是依靠达瓦齐的支持而成为蒙古新四部之一的首领，但他对残暴的达瓦齐并不臣服。不过，阿睦尔撒纳并不是达瓦齐的对手，所以在征战失败后也效仿三策凌，于乾隆十九年（1754年）八月联合妻弟杜尔伯特部台吉纳墨库、同母兄长和硕特部台吉班珠尔率领部众4000户20000余人归顺了清廷，并请求进京入觐。由于当时塞外人员害怕出痘染病，乾隆皇帝就决定也在承德避暑山庄接见他们。

同年十月，乾隆皇帝冒着凌厉的北风从北京出发，仅用了三天时间就来到承德，并于第二天在避暑山庄的楠木殿接见他们，册封阿睦尔撒纳为亲王、纳

墨库和班珠尔为郡王、阿睦尔撒纳的哥哥扎木参等人分别为贝勒、贝子、公、头等台吉等官职，同时还赐予他们冠服及制装银两，以及大批的马牛等物资。接见过后，乾隆皇帝按照接待三策凌的规格，先后在避暑山庄的延薰山馆和万树园等地设宴对他们进行多日款待。同样，在欢歌笑语的宴会中，乾隆皇帝进一步掌握了准噶尔部达瓦齐的虚实，将出兵日期由次年的四月提前到二月，并任命阿睦尔撒纳为定边左副将军、杜尔伯特部的三策凌为参赞大臣，兵分两路直抵伊犁，一举击溃准噶尔部，俘获了达瓦齐。

万树园赐宴图

清郎世宁等绘制，故宫博物院藏。图中描绘了乾隆皇帝于清乾隆十九年（1754年）夏在承德避暑山庄的万树园内，设宴招待杜尔伯特部三策凌的情景。

不料，重新回到草原的阿睦尔撒纳，竟然背弃前盟，自命为漠西蒙古四部的大汗，私置官印行文于各部，还招兵买马，企图再次分裂割据，独立于清朝之外。乾隆皇帝自然不能容忍阿睦尔撒纳的背叛，于乾隆二十二年（1757年）又一次分兵两路，平息了阿睦尔撒纳的叛乱。走投无路的阿睦尔撒纳，竟然带着七个人投奔沙俄，最后病死在托博尔斯克城。至此，准噶尔部挑起的民族分裂活动，终于得到较为彻底的解决，天山南北也获得了较长时期的稳定与安宁。

正是因为有了乾隆皇帝先后两次在承德避暑山庄接见漠西蒙古上层人物，以及两次出兵准噶尔部取得平叛的胜利，从而在中国北部、东北及西北各

平定伊犁受降图

此为《平定准部回部得胜图》的第一幅，清郎世宁等绘。画面为清军马队佩带弓箭从山谷林木中整队进入一片空地，准噶尔部众牧民于两旁跪迎。

少数民族首领中产生极大震动，使他们的首领纷纷来到承德避暑山庄拜谒乾隆皇帝，对大清政权的稳固起到了积极作用。

此后，前来觐见乾隆皇帝的有：乾隆二十年（1755年），准噶尔部台吉噶尔藏多尔济、辉特部台吉巴雅尔、和硕特部台吉沙克多尔漫济先后抵达承德，受到乾隆皇帝赐宴、封汗的待遇；同年，杜尔伯特部台吉伯什阿噶什率部4000余户归顺清朝，乾隆皇帝于次年在避暑山庄隆重接见了伯什阿噶什，封他为亲王；乾隆二十一年（1756年），吐鲁

库陇癸之战图

此为《平定准部回部得胜图》的第五幅，清郎世宁等绘。画面描绘的是平定阿睦尔撒纳的战役。清军从四面包围了敌军营帐，只有少数敌军跪射反击，其余敌军溺水挣扎鼠窜，或被清军挥刀砍杀，余者慌不择路，四处逃亡。

番贵族莽阿里克来到北京，要求将其部众按照清朝制度编制为旗；乾隆二十二年（1757年），哈萨克中帐阿布赉汗遣使来到塞外木兰围场向乾隆皇帝奉表献马，乾隆皇帝允许其随扈围猎，并在避暑山庄为他赐宴；乾隆二十三年（1758年），葱岭一带的布鲁特右翼首领玛木特呼里拜遣使来到木兰围场朝见清帝，乾隆皇帝回到避暑山庄后也赐宴；同年，准噶尔部所属的达什达瓦部总管布林提出"情愿内迁，承受恩泽"的请求，经乾隆皇帝准奏，也于次年率部众6000余人先后迁居到承德；乾隆二十八年（1763年），喀尔喀蒙古三世哲布尊丹巴（活佛）由西藏经青海来到承德求见清帝，乾隆皇帝不仅在避暑山庄接见他，还赠送他皇家专用的黄罗扇盖车辆返回；乾隆三十六年（1771年）一月，土尔扈特部首领渥巴锡率众15万人从伏尔加河流域迁往清朝内地，九月初八到达木兰围场觐见乾隆皇帝，后在避暑山庄澹泊敬诚殿受到乾隆皇帝的隆重接见，并按照当年接见三策凌之例给予封号、赐宴和赏戏等待遇。随后，厄鲁特蒙古四部、哈萨克、维吾尔、布鲁特的贵族们万里迢迢，纷纷来到承德朝觐乾隆皇帝，都受到了清政府的优待。

哈萨克贡马图

清郎世宁绘，法国巴黎吉美博物馆藏。这幅画描述西部民族的哈萨克人向乾隆皇帝献贡马，表示效忠清王朝。

以上情况可以表明，清王朝在乾隆年间对北疆的管理达到了空前的加强。对此，我们姑且叫作"三策凌"效应吧。

◎ 达什达瓦女人与寺庙

承德避暑山庄周围的众多寺庙中，有一座叫安远庙。那是清乾隆二十九年（1764年），清中央政府按照蒙古族达什达瓦人的宗教信仰，在承德为他们专门建造的。之所以取名"安远庙"，因其与达什达瓦一个首领的女人有着密切关联。

达什达瓦是蒙古准噶尔部的一个分支。乾隆十年（1745年），准噶尔部首领噶尔丹策凌因病去世后，留下三个儿子和一个女儿，次子那木札尔因为是嫡子，就顺理成章地嗣承了汗位。不料，那木札尔的姐夫设计杀死了他，改立那木札尔的异母哥哥达尔札为汗。可是，由于达尔札是噶尔丹策凌的婢女所生，根本不孚众望，遭到准噶尔部中实力最强的两大分部首领达瓦齐和达什达瓦的反对。后来，达什达瓦遭到了达尔札的绞杀，而达瓦齐则联合蒙古新四部之一的辉特部台吉阿睦尔撒纳，共同对付并杀害达尔札，自己取得了准噶尔部的汗位。然而，达瓦齐当初联合辉特部帮助他争夺汗位时，并不明白自己是引狼入室，因为辉特部的阿睦尔撒纳正渴望着扩大地盘，占领和统治准噶尔部是他蓄谋已久的事。当然，面对辉特部的不良企图，准噶尔各部首领都非常明白自己的未来，于是他们迅速团结起来，一致抵抗辉特部的侵略。而由于战争的残酷和时间过于漫长，准噶尔部许多首领渐渐认识到这样的混战纯属自相残杀，就纷纷退出了征战。不过，在那次混战中，达什达瓦的儿子图鲁巴图在战乱中被杀。后来，乾隆皇帝应蒙古各部首领请求，果断派遣两路大军挺进伊犁，平息了他们之间的混战。

在乾隆皇帝派遣两路大军平叛的过程中，已经失去丈夫和儿子的达什达瓦女人坚定地站在平叛大军的一面，不仅率先把自己最精锐的2000余名骑士交给平叛的西路军进行指挥，还积极鼓动其他部落参与平叛。由于平叛西路军的定边右副将军萨喇勒，原先是达什达瓦部的一个"宰桑"，所以达什达瓦的骑士们在战斗中表现得非常勇猛，为平叛立下赫赫功勋。正是因为有达什达瓦女人的这一英明举动，使蒙古的辉特部和杜尔伯特部也受到极大影响，甚至连达瓦齐的部下也纷纷投向清政府。众叛亲离的达瓦齐，逐渐势单力薄，终于被维吾尔族首领霍占集活捉，交给了清军进行处置。

达瓦齐失败后，辉特部的阿睦尔撒纳又趁清军撤离准噶尔部，而准噶尔部人厌战的空隙，再次挑

格登鄂拉斫营之战

此为《平定准部回部得胜图》的第二幅，清郎世宁等绘制。画面描绘的是阿睦尔撒纳与萨喇勒分率清军进逼达瓦齐于伊犁西南的格登山，达瓦齐叛军溃败，混乱不堪。

起事端，企图脱离大清中央政府的管辖，想自己重新另立旗号。不过，阿睦尔撒纳当时的势力并不是最强盛，而达什达瓦女人倒是拥有2000余名壮士，是准噶尔部中一支精悍的军事力量。于是，精明的阿睦尔撒纳为了掌握这支军队，就派人向达什达瓦女人求亲，要求娶她的女儿为妻。阿睦尔撒纳求亲遭到达什达瓦女人的拒绝后，他又提出派自己的外甥帮助她共同管理达什达瓦部落，这更是达什达瓦女人所不能接受的。遭到达什达瓦女人两次拒绝的阿睦尔撒纳恼羞成怒，威胁达什达瓦女人说自己一定要用武力征服她。后来，出身达什达瓦的清军将领萨喇勒知道后，就请求清政府批准将达什达瓦的世袭制改为由中央任命制。于是，清政府任命萨喇勒的哥哥布林担任总管，与达什达瓦女人共同管理该部所有事务。再后来，随着大清平叛大军主力部队撤离新疆，阿睦尔撒纳就开始向乌鲁木齐进发，并在一场战斗中把留守的萨喇勒俘获，迅速地控制了伊犁地区。这时，嚣张的阿睦尔撒纳就扬言说，如果他今生不能娶到达什达瓦女儿为妻的话，便誓不为人。同时，为了彻底打击和控制达什达瓦部落，阿睦尔撒纳还给达什达瓦女人的头上强加准噶尔部的"叛徒"和"败类"等罪名。面对阿睦尔撒纳的挑衅和欺凌，达什达瓦女人在清政府还未派遣大军平叛的情况下，为了暂时保存实力，果断决定带领整个部落的人众与牲畜撤离伊犁，向由清军控制的巴里坤地区转移。在撤向巴里坤的沿途，达什达瓦女人亲率精锐骑兵同拦截他们的阿睦尔撒纳叛军进行艰苦战斗，同时还克服高山激流的种种困难，终于在同年十月到达巴里坤地区。

到达巴里坤后，清政府对达什达瓦部落进行妥善安置，还向达什达瓦女人颁布特令嘉奖。在那份嘉奖令中，乾隆皇帝说："达什达瓦之妻，因伊犁扰乱，并不听从彼处众喇嘛等之言，带领游牧人众，前来投顺，诚悃可嘉，著封受车臣墨尔根哈屯名号。"受到乾隆皇帝嘉奖的达什达瓦女人，不幸于第二年病逝在巴里坤的新驻地。为了表彰达什达瓦女人的功绩，乾隆皇帝特命王公大臣们参加她的葬礼，并将达什达瓦部落移居到水草丰美的鄂尔坤一带，使他们过上

和落霍澌之捷

此为《平定准部回部得胜图》的第四幅，清郎世宁等绘制。画面描绘的阿睦尔撒纳叛军和清军在和落霍澌激战，清军兵多将广，迎着叛军火力万箭齐发，形成对敌的绝杀之势。

了无忧的放牧生活。不久，乾隆皇帝再次派兵进剿阿睦尔撒纳的叛乱，达什达瓦部落也将自己的全部骑兵送上战场，配合清军取得了平叛的全面胜利。

由于达什达瓦部落在两年时间里，先后迁徙两个地方，又在平叛中付出巨大代价，人口大为减少，牲畜也损失严重，连基本的生产生活都产生了严重危机。对此，乾隆皇帝恩准达什达瓦部落总管布林提出的"情愿内迁，承受恩泽"的请求，让他们来到天子脚下的福地——承德避暑山庄附近定居。同时，乾隆皇帝将达什达瓦部落人众编为9个佐领，归入了驻防的八旗，还在避暑山庄的普宁寺西南为他们建造1000多间房舍，并调集大批牲畜和粮食对他们进行生产补给。后来，乾隆皇帝又按照达什达瓦人的宗教信仰，下令在他们驻地附近修建较大规模的寺庙，并取名"安远庙"。从此，达什达瓦人在内地有了自己的宗教活动场所，还过上了安居乐业的稳定的幸福生活，同时也为承德的发展做出了贡献。

◎ 土尔扈特人的"长征"

在漠西蒙古四部中，准噶尔部的势力最为强盛和跋扈，其他三个部落经常遭受欺凌，其中的土尔扈特部不堪忍受欺凌，于明崇祯元年（1628年）在首领鄂尔勒克的率领下，举族从原来的居住地迁往今天的伏尔加河下游一带，过着逐水草而居的游牧生活。当时，沙皇俄国的势力还没有到达那里，但随着他们向西伯利亚地区的不断扩张，土尔扈特人的新居住地也就成了他们的领地。骄横的沙俄政府强迫土尔扈特人缴纳大量税金，还强征他们的子民参加对外扩张的战争行动，使土尔扈特人的平静生活又起波澜，乃至最后上演了一出土尔扈特人的举族"长征"——万里东归的传奇活剧。

土尔扈特人决心东归，是源于沙俄对土耳其发动的一次大规模扩张战争。1768年，沙俄彼得大帝衣钵的继承者叶卡捷琳娜二世为了补充兵员，强迫土尔扈特人中16岁以上男子都必须参战。在沙俄对土耳其发动战争的一年时间里，土尔扈特人竟死亡达七八万人之多，面临着灭族之灾。于是，年仅26岁的土尔扈特首领渥巴锡和他的近支侄儿策伯克多尔济，就积极准备率领部众返回自己的祖国。

清乾隆三十五年（1770年）十月十一日，渥巴锡以有外族入侵为名，下令该部落每户人家派一名骁勇男子到离驻地百余里的某地集合，数万名骑士如

期赶到后，策伯克多尔济在大会上控诉沙俄政府对他们的迫害，并通报沙皇军队已经在土尔扈特驻地周围修筑了许多堡垒，要强迫土尔扈特人顺从他们意志参与扩张战争的消息。当时，土尔扈特人在集会上群情激愤，一致同意渥巴锡率族东返的动议，随即加紧了各项工作的准备。不料，由于行动的保密性不严，使土尔扈特人准备东返的计划被沙俄政府所知。虽然沙俄女皇叶卡捷琳娜二世将信将疑，但她还是采取了防范措施，即下达命令征调10000名土尔扈特壮士参加俄军，并要求把渥巴锡的儿子送到圣彼得堡作为人质。渥巴锡得知消息后，怒火中烧，果断组织勇士歼灭沙俄1000多名兵士以示报复，同时决定

叶卡捷琳娜二世

叶卡捷琳娜二世（1729—1796年），俄罗斯帝国第八位皇帝。在其统治期间，俄罗斯帝国的版图得到迅速扩张，但在阻止土尔扈特东归的作战中俄军却几乎全军覆没。

提前实施东归的计划行动。

乾隆三十五年（1770年）冬天，伏尔加河流域的气候十分温暖，河水迟迟不能封冻，这使居住在河流北岸的土尔扈特人不能及时向南岸渡河集中。在不得已的情况下，渥巴锡和策伯克多尔济只得于次年正月初五率领南岸的土尔扈特人全部东归返国。临行前，渥巴锡严令族人要破釜沉舟，自绝退路。于是，居住在伏尔加河南岸的3.3万户17万土尔扈特人，在渥巴锡等人的组织下，终于踏上东归的漫漫征程。

面对如此庞杂的行进队伍，渥巴锡要求妇女、儿童和老弱病残者全部乘车行走在队伍中间，两边全是精锐的骑兵保护，当然在绵延近百里的队伍前后还有主力部队开路和断后，就连中间也有探马飞驰，始终使队伍不曾分割断裂。

浩浩荡荡的土尔扈特三路队伍在漫漫东进中，先后遭到沙俄军队三次重兵阻截。第一次，是在土尔扈特人开始举族东归的五天后，数万名哥萨克士兵在乌拉尔河岸进行拦截。当时，土尔扈特人为了冲破阻截，浴血奋战，终于打通了前进的道路，却也付出9000人牺牲的沉重代价。

有了第一次遭遇战的惨重损失，渥巴锡等人面对哥萨克重兵在一处山口的第二次拦截，就显得机智灵活得多。渥巴锡在组织骆驼队勇士进行正面强攻同时，还派策伯克多尔济率领行动迅疾的骑兵队伍包抄哥萨克军队后路，实施两面夹攻，从而取得全歼阻拦敌人的胜绩。

长途跋涉四个月后，渥巴锡得知有数千名沙俄正规军和由吉尔吉斯人与巴西卡人组成的20000余人的军队在奥尔斯克堡一线布防的消息。对于如此严峻的敌情，渥巴锡明白这是土尔扈特人的生死关头，而要闯过这一生死关头，凝聚人心是最为关键的。因为经过两次残酷的交战和数月长途跋涉，土尔扈特人已经疲惫不堪，特别是由于疾病和战争带来的严重减员，使土尔扈特人人心惶惶，都有一种担忧和恐惧心理。对此，渥巴锡决定在丘尔干地区召开会议，统

一各头领东进回归的思想,重新树立回归的信心。在那次会议上,渥巴锡提出一个振奋人心的响亮口号,那就是:前进,向东,再向东。

在渥巴锡等人的英明决策和英勇指挥下,土尔扈特人不仅全部渡过土尔干河,还果决地击退了奥尔斯克堡一带敌兵的截击,顺利地越过坑格尔图拉(今俄罗斯乌斯季卡缅诺戈尔斯克)进入中国新疆境内。

土尔扈特人万里东归的消息传到清廷,乾隆皇帝立即命令"着调巴图尔济噶尔勒,驰驿前往伊犁""协助办理回归事务"。同时,乾隆皇帝还派遣御前大臣亲王固伦和额驸色布滕巴勒珠尔等人,迅速前往驿站处迎接。渥巴锡也先期派遣使者来到伊犁,用文书形式向伊犁将军伊勒图说明,他们万里东归的原因和经过,并请求伊犁将军伊勒图向乾隆皇帝转达他们"准领入觐,以伸积诚"的渴望之情。面对土尔扈特人的殷殷希望,伊勒图以十万火急文书向乾隆皇帝

渥巴锡

清代绘制,头像两侧用满、汉两种文字书写"土尔扈特汗渥巴锡"。

呈奏。深受感动的乾隆皇帝，在谕旨中充满了体恤之情：

闻厄鲁特等受朕重恩，带领妻子远来投顺，甚属可悯，理益急加抚绥，遣大头人来京入觐，但念尔等均未出痘，京城暑热，甚不相宜，避暑山庄凉爽，如九月中旬可以到彼，即带领前来，否则俟朕明年临幸时，再来入觐，朕务与策凌、策凌乌巴什一例施恩。

后来，当乾隆皇帝得知土尔扈特17万人在东归途中半年时间里就损失一半时，体恤加恩的心意更是表露无余。于是，乾隆皇帝一面通令新疆、甘肃、陕西、宁夏及内蒙古等地官员开库赈济，送给土尔扈特人马牛羊20余万头、米麦4万石、茶2万封、羊裘5万件、棉布6万匹、棉花6万斤，以及大量的毛毯炉具等；一面又下谕旨放宽接见人员的等级，下令"伊犁现在投诚之土尔扈特等，其大台吉均来避暑山庄朝觐"。

乾隆三十六年（1771年）六月二十五日，渥巴锡和策伯克多尔济等人，由伊犁地区启程前往承德避暑山庄。为了让土尔扈特人感受到祖国人民的温暖和热情，乾隆皇帝特令沿途各省督抚热情接待，还要为他们提供到下一站行程中的良好供给。如果有漫不经心或接待不周的，就将被革职拿问。据有关史料上记载说，仅在这件事上受到乾隆皇帝惩罚的官员，有总兵阿明阿、恒德，山西按察使德文、口北道明琦，知府博尔敦，怀安知县何燧；受到严厉申斥的，有山西巡抚鄂宝、直隶总督杨廷璋等人。由此可见，乾隆皇帝对接见渥巴锡一行的重视程度。

果然，等到渥巴锡一行来到木兰围场的伊绵峪觐见时，乾隆皇帝用蒙语同渥巴锡等人进行亲切交谈，还命随扈的大臣、蒙古王公和厄鲁特诸部首领百余人，一同陪自己为渥巴锡等人举行接风野宴，这使渥巴锡等人感恩不尽。随后，乾隆皇帝还准许渥巴锡等人一同观看围猎，让土尔扈特人对清廷皇家那雄

策伯克多尔济

清代绘制,头像两侧用满、汉两种文字书写"土尔扈特亲王策伯克多尔济"。

壮的围猎军阵,以及乾隆皇帝和皇子们的精湛马术、箭法大为惊叹。

狩猎结束后,渥巴锡等人随同乾隆皇帝来到承德避暑山庄,在澹泊敬诚殿受到正式接见。典礼完毕,乾隆皇帝还把渥巴锡等人带到自己的四知书屋殿,并按照对臣下的最高礼遇,赏赐了茶果和玉如意、洋表、鼻烟壶等物。

第二天,乾隆皇帝又在普陀宗乘之庙为渥巴锡一行举行隆重庆祝法会。随后,就是乾隆皇帝在避暑山庄不断举行宴会款待渥巴锡一行,给予他们隆重而空前热情的接待。为了纪念渥巴锡带领土尔扈特人东归的英雄壮举,乾隆皇帝亲自撰写《土尔扈特全部归顺记》《优恤土尔扈特部众记》两篇碑文,并用多种文字刻在石碑上以示纪念。再后来,乾隆皇帝按照满洲贵族的等级为渥巴锡等人封了爵位,还划出大片富饶土地供土尔扈特人居住和游牧,使他们重新愉快地生活在广阔而美丽的大草原上。

万法归一图

  清代绘制，画面中乾隆皇帝安排土尔扈特部首领与自己在新建的普陀宗乘之庙的主殿——万法归一殿内听高僧讲佛法。图中乾隆皇帝身着朝服正襟危坐，他对面是包括年轻的渥巴锡在内的十位土尔扈特部首领。

乾隆皇帝对土尔扈特部采取怀柔优恤政策的成功，不仅大大震动了其他少数民族，也使沙俄等帝国受到震慑，同时还谱写了一首中华民族团结统一的壮丽史诗。

◎ 雪域活佛与古稀天子

乾隆四十五年（1780年）八月十三日，是乾隆皇帝的70岁寿诞。古语说"人生七十古来稀"。这在古时的平民百姓中不仅稀有，就连过着锦衣玉食生活的皇家也是少见的。而清军入关后第四代帝王爱新觉罗·弘历，也就是大名鼎鼎的乾隆皇帝不仅享年89岁的高龄，是名副其实的"古稀天子"，而且他的身体状况也向来是健壮无恙的。故此，乾隆皇帝能够经常巡游全国各地的名胜风景，承德避暑山庄更是他驻跸次数最多的皇家园林。在这被誉为"紫塞明珠"的皇家园林里，乾隆皇帝运筹帷幄，处理了诸多军国大事，还接见宴请许多外国使节和少数民族领袖，其中与西藏政教首领、被称为"雪域活佛"的六世班禅的相会，堪称乾隆时代的一件盛事。

班禅，全称"班禅额尔德尼"，在当时被信徒尊为无量光佛的化身。这个称号是由和硕特蒙古的汗王固始汗赠予的。1645年，固始汗统管青藏后，拜黄教教主罗桑却吉坚赞为师，赠以"班禅博克多"称号。这是梵、藏、蒙语的结合，班是梵语"班智达"，意为学者；禅是藏语"钦波"，意为大。班禅的意思就是大学者。而博克多则是蒙古语，是对有智有勇英雄人物的尊称。到了康熙五十二年（1713年），康熙敕封班禅为班禅额尔德尼，其中额尔德尼在满语和蒙语中都是宝的意思，相当于藏语中的"仁波切"。从此，就有了班禅额尔德尼这个固定称号，而后来在汉语中又直接简称为"班禅"。

乾隆四十三年（1778年），西藏政教首领六世班禅额尔德尼得知乾隆皇帝要举行70岁的万寿庆典，就通过国师章嘉向朝廷奏请觐见祝贺。因为六世班

六世班禅额尔德尼

清代唐卡 罗桑华丹益布（1738—1780年），第六世班禅额尔德尼，清乾隆四十五年（1780年）奉命进京给清高宗祝寿，先住承德避暑山庄，后随驾到京，清室赐给玉册玉印。同年在西黄寺圆寂。

禅不仅是西藏地区的政教首领，也是一位学识渊博的宗教领袖，在西藏等西北少数民族地区享有很高声誉，故此乾隆皇帝欣然同意。当然，乾隆皇帝之所以很愉快地答应六世班禅到承德来朝觐他，还有"不因招致而出于喇嘛之自愿来京"的原因，这从另一方面来说也是清王朝"吉祥盛世"的象征。因此，为了雪域活佛和古稀天子这次不寻常的相会，清廷做了大量而周密的准备工作，其中之一就是专门修建有"小布达拉宫"之称的须弥福寿之庙。除了修建宏伟壮

观的寺庙和置办精美室内陈设外，乾隆皇帝还为大规模的祝寿诵经活动做了充分准备。

同时，考虑到西藏地区人员未曾出痘，就决定先在气候凉爽的避暑山庄里予以接见，然后再于九、十月间进入北京。为了班禅一行能够顺利到达承德，乾隆皇帝接连发布六道谕旨，要求从西藏到承德沿途各地政府官员一定要以高贵礼节予以接待，并专门派遣皇六子和一名领侍卫内大臣前往，陪班禅等人一路同行。

对于乾隆皇帝如此精心隆重的安排，六世班禅额尔德尼十分感动地说：

平素虽在三宝佛前诵经祈祷圣主金座永世牢固，然因未能朝觐皇上恭请圣安，于心极为不安。今奏请赴京谒恭圣颜，实系小僧诚心。仰蒙圣主睿鉴加恩，远道派来大臣，赏贡奇珍，由大臣亲自转赐鼻烟壶，并问小僧好。又蒙格外颁旨数道，小僧委实感激不尽，但望从速起程，早日抵达热河，朝圣请安。

于是，乾隆四十四年（1779年）六月十七日，六世班禅额尔德尼从日喀则的扎什伦布寺起程。这是一支庞大的朝觐队伍，因为陪同和护送班禅东行的人员达2000人，其中有经幡等仪仗人员，还有法师、官员、侍从和军队士兵。如此壮观的朝觐队伍，别说沿途要经过诸多雪山冰川等自然险阻，就是安排好这一行人的食宿，都是一个极大难题。好在班禅一行在沿途中，既有各地政府官员的亲自接待，又有乾隆皇帝时刻关注的谕旨给予关照。终于，班禅一行经过长达一年又一个多月的长途跋涉，行程达一万余里，于乾隆四十五年（1780年）七月二十一日抵达热河。

这一天，承德晴空万里，艳阳高照。在离避暑山庄数十里的地方，身着绚丽官家朝服的清朝官员们轮番策马前来迎接六世班禅，而那些蒙古王公、新疆

紫金琍玛吉祥天母

清代制作，为六世班禅额尔德尼献给乾隆皇帝的寿礼。通高56厘米，由骑骡子吉祥天母、背光、台座三部分组成。面部镀金，三目圆睁，火焰发，头戴五智骷髅冠，冠上饰有松石。

回部（维吾尔族）首领以及各寺庙的喇嘛僧人数千人云集在道路两旁。当班禅等人渐渐靠近欢迎他的人群时，不仅是掌声雷动、鼓乐喧天，而且人们那欢呼雀跃的神情也是极为夸张的，真是一派盛大而隆重的欢迎场面。而在避暑山庄的依清旷殿前，神采奕奕、满面红光的古稀天子乾隆皇帝一直站在台阶上等候，道路两侧的文武官员、各少数民族领袖和恭迎的八旗官兵竟有数万之众，其迎接场面可以说是盛况空前。面对如此高贵的礼遇，六世班禅的表现也让乾

隆皇帝感到十分高兴，因为班禅觐见他时是手捧哈达上前跪叩的，这是最能体现乾隆皇帝圣主情怀的。

自从六世班禅来到承德避暑山庄后，山庄里整日是欢歌笑语，宴会不断，当然盛大的诵经礼佛活动也是不曾断隔的。六世班禅在避暑山庄的一个多月里，乾隆皇帝在万树园共举行四次盛大的野宴，有满、蒙特色的歌舞游戏等活动，还有空前的烟花火戏，这些都让班禅感慨万千。当然，通过与班禅的频繁接触，乾隆皇帝也十分赞赏班禅的学识和人品。特别是在乾隆皇帝举行70岁寿诞庆典的那一天，六世班禅在澹泊敬诚殿里向乾隆皇帝献上了81帧长寿佛画像，以及哈达、银曼达、金字无量寿经、银塔、银瓶、银轮、银七珍、镀金银楮、珊瑚、琥珀和各色西藏特产等寿礼，还虔诚地对乾隆皇帝恭颂祈愿词，表达西藏广大僧侣和民众对清中央政府的无比拥戴。这才是古稀天子与雪域活佛相会的实质所在。

承德避暑山庄的庆典活动结束后，乾隆皇帝邀请六世班禅等人进京居住。在京城的那段日子里，六世班禅居住在当年由顺治皇帝为五世班禅敕建的西黄寺里，由于乾隆皇帝要前往东陵和西陵祭祖，就由皇六子永瑢陪同其畅游了圆明园、南苑、香山和万寿山等地。同时，六世班禅还到永安寺、觉生寺、恩佑寺、雍和宫、柏林寺、永宁寺、永慕寺、弘仁寺、万寿寺、广慈寺和阐福寺等寺庙瞻拜，特别是在乾隆皇帝亲自陪同下，六世班禅主持香山静宜园昭庙的开光仪式，是其在北京活动中的一件大事。香山的昭庙，全称"宗镜大昭之庙"，位于香山静宜园的西北角，这是乾隆皇帝为接待六世班禅而专门建造的大型藏式庭院。可惜，当年恢宏的昭庙遭到外国联军的焚毁，如今只留下些许残垣断壁供人们怀想罢了。而更可惜的是，在北京生活游玩正惬意的六世班禅于十月份不幸患上重病，虽经乾隆皇帝多次亲自问候和皇家御医的多方治疗，但是"疹似天花"的病症终于夺去了雪域活佛的肉体生命。得知六世班禅奄然圆寂的消息，乾隆皇帝当即就昏厥过去，由此可见两人的感情非同一

清净化城塔

清净化城塔又叫"六世班禅塔",位于北京西黄寺。清乾隆四十五年(1780年)十一月初二下午,六世班禅因病在西黄寺内圆寂,乾隆四十六年(1781年)正月十八,乾隆皇帝谕旨建塔封藏六世班禅的经咒、衣履,乾隆四十七年(1782年)十一月建成,乾隆皇帝赐名为"清净化城塔"以示纪念。

般。六世班禅圆寂后,乾隆皇帝为他举办的丧事极为隆重,亲自率领王公大臣谒灵,还用"赤金七千两造金塔一座,上嵌珍珠",专门用以迎入班禅的肉身。百日祭祀过后,乾隆皇帝派遣理藩院尚书博清额亲自护送六世班禅的灵柩返回西藏。

六世班禅在北京的圆寂,对乾隆皇帝敬佛、奉佛的心灵是一种很大打击,何况那时他已是古稀之年的人了。不过,雪域活佛与古稀天子的这次相会,进一步拉近了中央政府与西藏地方政权的关系,推进了藏传佛教在中原的广泛传播。当然,它还抒写了中国各民族团结统一的华彩乐章。

◎ 中国台湾的"高山"来客

这里所说的"高山",并非指实体的物质高山,而是指居住在中国台湾的一个民族——高山族。高山族根据语言、风俗和聚居区域的不同,还包括九个族群,即雅美、泰雅、阿美、布农、曹、鲁凯、排湾、赛夏和卑南。他们虽然是台湾土著居民,但早在三国时期就归属中原的吴国管理。当然,台湾属于中国一部分的时间还可以上溯得更早。

台湾,古称大员。早在三国吴黄龙二年(230年)时,卫温和诸葛直就率领带甲兵士数万人来到大员。隋朝时,大员由夷洲改称为流求,同样隶属于隋朝中央政府管理;到了南宋年间,流求则隶属福建路的晋江县管辖;元明时期,中央政府也都在流求设置了巡检司。而到了明天启四年(1624年)和六年(1626年),荷兰和西班牙的侵略者先后入侵台湾。康熙二十二年(1683年),康熙派遣施琅担任朝廷的水师提督,一举平定了郑氏后裔的割据势力,次年便在台湾设置一府三县,隶属于福建省,对台湾进行十分有效的管辖和治理。

收复台湾之后,康熙对台湾的农业和工商业等采取大力扶持的政策,使台湾经济得到很大发展。到了乾隆年间,居住在台湾的土著高山族人还被允许来到北京,在皇宫紫禁城里觐见乾隆皇帝。乾隆五十五年(1790年),乾隆皇帝将举行80岁寿诞的盛大庆典活动时,闽浙总督伍拉纳和福建巡抚徐嗣向朝廷奏报说:台湾高山族狮子社头目怀目怀等12人,吁肯祝釐,并带来樟脑、乌龙茶等贡品,于四月九日自鹿耳门开船,由厦门登陆,二十八日抵省城。

乾隆皇帝接到奏报后,立即发出谕旨指示徐嗣等沿途官员要妥善照料和款待高山族来客,并于七月初先行抵达承德避暑山庄,然后再进京觐见。

七月初七,高山族头领怀目怀等12人到达承德避暑山庄,当天就受到乾

外交风云卷塞外

隆皇帝的接见，并对他们分别进行了封爵和赏赐，同时还派遣官员陪同"高山"来客游览避暑山庄和外八庙等景观，晚上高山来客被安排住进山庄的狮子园里。"高山"来客在山庄里游玩休息几天后，就到了乾隆皇帝的万寿庆典。在避暑山庄澹泊敬诚殿里举行的庆典中，"高山"来客穿着民族特色浓厚的服装向乾隆皇帝行了三跪九叩大礼，并敬献了一份厚重贺礼。

钦定平定台湾凯旋图

清康熙年间绘制。清康熙二十二年（1683年），施琅率水军2万人，战船230余艘，进军澎湖。澎湖被占领后，郑氏王朝已无力抵抗清军，只得投降，结束其在台湾22年的统治。

乾隆皇帝也对"高山"来客予以优待,对他们和蒙古王公、回部王公、金川土司及安南、缅甸、朝鲜等国使节特别赐宴。据史料记载说,那次宴会极其隆重而丰盛,各色菜肴有:

燕窝鸭子寿意一品、燕窝莲子鸭子一品、山药红白八宝鸡羹一品、鹿筋酒炖鸭子一品、八仙鸭子烩藕一品、燕窝三鲜鸡寿意一品、蒸肥鸡咸肉攒盘一品、挂炉鸭子攒盘一品、鸭子馅立桃一品、五福捧寿澄沙馅扁桃一品、油芸桃一品、鸡蛋蜂羔一品、珐琅葵花盒小菜一品、小菜四品、随送燕窝八仙面进一品、果子粥进一品、燕窝八仙汤一品、燕窝三鲜汤一品。

除此之外,还有许多主食和点心等,可谓是丰盛至极。此后,乾隆皇帝几乎每天都在山庄里大摆筵席,每天卯时(早上7点)开始入宴,到了未时(下午3点)才结束,而晚上山庄的万树园里更是异彩纷呈,各种游乐活动让人应接不暇,特别是那各色烟花将承德的天空装扮得绚丽多彩。除了游乐和宴会外,乾隆皇帝的寿诞是离不开听戏的,因为他还是十足的戏剧票友。于是,在避暑山庄的清音阁里,一连听戏达10天之久,使乾隆皇帝和王公大臣们过足了戏瘾。

乾隆皇帝在承德避暑山庄举行万寿庆典后,还要回到京城进行他的八旬寿典。于是,台湾的高山来客也跟随乾隆皇帝一同来到北京,住在皇家御园圆明园里。在北京游玩几天后,朝廷便在紫禁城太和殿里为乾隆皇帝举行盛大寿诞庆典,再次接受文武百官、各少数民族首领、台湾的"高山"来客,以及来到北京的各国使节们的进表祝贺。然后,自然又少不了是一番欢宴、听戏和游乐。历时一月有余的觐见、祝寿活动,使台湾的"高山"来客们完全被乾隆皇帝和清王朝的奢华气派所折服。

澹泊敬诚殿内景

澹泊敬诚殿是避暑山庄的正殿，专门用来举行重大节日庆典活动。始建于清康熙四十九年（1710年），殿内悬康熙御笔"澹泊敬诚"匾额。乾隆十九年（1754年）全部用楠木改修，故又称楠木殿。

◎ 接见英使的礼仪之争

17世纪上半叶，西方世界正进行着一场轰轰烈烈的资产阶级革命。在那个变革的时代里，英国渐渐成为世界上经济实力最强大的国家，已经不再满足它在欧洲的势力范围和贸易领域，开始把目光转向世界东方那神秘的国家：中国。然而，当英王乔治三世费尽心力筹备丰厚礼物，准备对已经是乾隆皇帝主宰中国命运的清廷开展外交活动时，却没想到仅仅因为特使马戛尔尼对清政府那森严礼仪的不"合作"行为，竟使他们的处心积虑化成了泡影。

为了与中国长久地开展贸易往来，英国政府在这次使团领队和成员的组成

上是慎之又慎的。首先，之所以选择马戛尔尼为特使，不仅因为他长期以来一直从事外交事务，有丰富的外交经验和推行殖民主义的"辉煌业绩"，他还对神秘的中国有着浓厚兴趣。而副使老斯当东爵士既是马戛尔尼的挚友，也是推行殖民主义的高手，他曾经在印度出色地处理过殖民外交事务，颇受英王和当局政府的器重。同时，成为使团成员的还有秘书、医生、翻译、卫队，以及精通化学、天文、力学等各学科和航海的专家博士。特别是在特使卫队人员的组成上，那都是从步兵和炮兵中精心筛选出来的，而带队军官更是军事和情报方面的专家，例如后来为1840年第一次鸦片战争提供精确军事地图的巴瑞施上尉，就是当时使团的军事成员，而那张中国军事地图就是他随团从北京前往承德途中绘制的。其次，在选择使团乘坐的船只问题上，英国政府也是煞费苦心。特使马戛尔尼乘坐的"狮子号"轮船，是一艘装备有64门大炮的一流军舰，是由英国海军大臣特别批准的。当然，"狮子号"军舰舰长高厄

马戛尔尼

乔治·马戛尔尼（1737—1806年），英国近代著名政治家，曾率领使团以给乾隆皇帝祝寿为名，于1793年抵达中国，欲通过谈判打开中国市场，却无功而返。

爵士也是曾率船进行过两次环球航行的航海家，具有开辟新航线的丰富实战经验。

使团除了"狮子号"军舰外，还有东印度公司载重量最大的船只之一的"印度斯坦号"轮船，以及"豺狼号"等较小的船只。另外，英国政府既然是以向乾隆皇帝祝寿为由头派遣这一使团，就免不了要准备一些礼物。而对礼物的准备，英国政府同样进行了精心挑选，例如天体运行仪、地球仪，以及机械、枪炮和英国最大最新的军舰模型等。与其说是送给乾隆皇帝的生日礼物，不如说是展示英国辉煌的科技成果，或者直接说是向乾隆皇帝及清政府官员们炫耀英国那强大而雄厚的军事、经济实力。当然，以"天朝上国"自居的清朝统治者并不以为然，他们注重的是英国特使是否向乾隆皇帝行那三跪九叩的大礼。

1792年9月27日，当英国特使马戛尔尼一行800余人的庞大使团，带着英王乔治三世给乾隆皇帝的亲笔信和精心准备的礼品，由朴次茅斯港出发并航行了10个月后抵达中国天津时，乾隆皇帝也早就接到最先接触使团的中国官员广东巡抚郭世勋的奏报，并决定在承德避暑山庄接见英国特使。

对于英国专门派遣使团来到中国交好，乾隆皇帝认为是"天朝威严"所致，所以就要体现一贯的"大国风度"，对英国特使予以隆重而周到的接待。于是，乾隆皇帝多次下旨，指示广东巡抚郭世勋及沿海各地官员做好接待准备。然而，当英国特使马戛尔尼一行顺利来到北京后，便与负责在北京接待的直隶总督梁肯堂和徵瑞等清廷官员关于觐见乾隆皇帝的礼节问题产生了分歧。清政府官员认为，既然你英国派遣使者来为乾隆皇帝祝寿，行三跪九叩大礼是天经地义的事，而马戛尔尼等人则表示他们是来进行友好外交活动的，是代表一个主权国家的平等行为，如果行使三跪九叩礼则是一种屈辱。不过，为了不在礼仪问题上搞得太僵，以致还没见到乾隆皇帝就使自己的外交使命中途夭折，马戛尔尼提出一个折中的办法，那就是如果中国方面坚持让他向乾隆皇帝下跪叩

使团沿运河航行

欧洲人绘制,描绘的是英国外交使团沿着大运河航行的情形。此时英国的航海技术已经远超中国。

头,他可以下跪来表示自己对清朝皇帝的尊敬,但要有"一位同特使身份、地位相等的中国官员,必须朝衣朝冠在特使携来的英王陛下御像前也要行同样的磕头礼"。为此,双方还曾经拟过一份正式的备忘录。不过,清政府官员最终并没有也不敢把这份备忘录呈给乾隆皇帝,但是乾隆皇帝后来还是很快得知了这个消息,便很不高兴地指示徵瑞等人务必妥善处理。于是,徵瑞等与马戛尔尼又一次磋商觐见乾隆皇帝的礼节问题，马戛尔尼表示他可以向乾隆皇帝行他们国家官员觐见英王的礼节，也就是单腿下跪，但不磕头，而是亲吻皇帝的手。对此，双方曾有过一段有趣的对话：徵瑞首先告诉马戛尔尼说："皇帝已做出了最后的决定，觐见时特使等人可以行英国之礼。不过，按照中国的风俗来说，拉着皇帝的手来亲个嘴，总不是个道理。请务必免去此礼，不如改为双足跪下为好。"而马戛尔尼则表示难以从命。于是，徵瑞又说："算了！双足、单足下跪且不去管它，只是拉手亲嘴的举动免去才是。"闻听此言，马戛尔尼则回答说："悉听尊便。"

乾隆皇帝来到避暑山庄

欧洲人绘制。在热河行宫，乾隆皇帝庄严地坐在16人抬着的轿子上出现在众人面前。

对于马戛尔尼的执拗态度，乾隆皇帝很不高兴，他认为"外夷入觐"，如果诚心恭顺，必加以恩待，用示怀柔。既然你英国特使如此骄矜，乾隆皇帝自然没有必要与英王进行什么实质性的交往了。这也就注定了马戛尔尼中国之行的失败。

不过，乾隆皇帝自视大清是"天朝上国"，在避暑山庄接见英国特使马戛尔尼一行时，还是以礼相待给予隆重接待的，例如接见、游御园、赏赐、观火戏、看杂技和戏剧等，只是实质性谈判没有任何进展。同时，乾隆皇帝缩短马戛尔尼等人在承德避暑山庄留驻时间，让他们先行到北京等候，并指示在京的清政府官员也不必像先前那样重视和接待。"天朝上国"君主的自尊已然受到伤害，乾隆皇帝也就没有什么心情在北京与英国特使进行会谈，他在承德避暑山庄就写好给英王的回信，让朝中官员转交给马戛尔尼。在信中，乾隆皇帝一一拒绝英国政府提出的六项要求，且丝毫没有松动的余地。不过，英国特使马戛尔尼一行的外交任务虽没有完成，但他们却出色地完成一项英王特别交代的任务，那就是"有必要"揭开"神秘"中国的面纱，为他们开辟世界东方贸易市场提供"详尽"的依据。确实，就在英国使团部分人员随同清政府官员从京城前往承德途中，巴瑞施上尉就对这条重要的军事防线做了极为详尽的调查，经他观察和测量，得知长城"城墙当中是泥土，两边护堤壁是石头砌的。城顶平台是方砖砌的。平台以上的护堤壁构成胸墙"。巴瑞施上尉还对长城每个细微之处进行了测量，并做了详尽的文字记录，如他在对长城上关于"枪眼"部分的记录是：

从枪眼到雉堞的高度：二英尺。

枪眼从里到外的宽度：二英尺。

枪眼与枪眼之间的距离：九英尺。

枪眼：高一英尺，宽十英寸，内岸深四英尺，内岸与内岸之间距离九英尺。

当然，在短暂的中国行程中，特使马戛尔尼等人也对清政府中存在的弊病有了一定了解。如他在后来的日记中写道：

清帝国好比是一艘破烂不堪的头等战舰。它之所以在过去的150多年中没有沉没，仅仅是由于一帮幸运的、能干而警觉的军官们的支撑，而它胜过其邻船的地方只在于它的体积和外表。但是一旦没有富有才干的人在甲板上指挥，那就不会再有纪律和安全了！

乾隆皇帝会见马戛尔尼

欧洲人绘制。出于画家的想象，马戛尔尼单膝下跪呈递国书。这在当时的中国人看来是不能接受的。

确实，几年后乾隆皇帝当了太上皇时，他对于四面楚歌的清帝国已经只能是"频频望捷仍未已，掷笔促章自哂之"了。不过，仅如此倒也罢了，而时间只过了不到短短50年的光景，曾经被他不屑一顾的英国凭着船坚炮利轰开封闭多年的"天朝上国"的大门，使它从此走向了衰败。由此，倒想起当年乾隆皇帝与他的臣工们面对英王礼品中一辆悬浮弹簧四轮华丽马车时的态度。那时，清政府官员关注的并不是那辆马车的先进技术，而是车夫的座位，因为他们绝对不会容忍一个人的座位比皇帝的座位还要高，并且还把脊背和屁股朝向皇帝。是的，在他们眼里皇帝屁股的高低比什么都重要。

山庄旧事亦纷纭

作为清王朝的"夏都",在避暑山庄里发生的故事几乎都是国之大事。在那些纷纭旧事中,有的关联着国家最高统治权力的交接,有的关乎清朝皇家血脉传承的正统与否,有的则是纷纭莫测的政治变更,还有的却是皇家风流韵事的荒谬……然而,所有这些旧事虽然都已成为历史,却没有人能够轻松地忘却。为了这些不可以忘却的旧事,用文字真实地记载下来,也许不是一件无用的事。既然如此,就让我们通过下面的文字来记住避暑山庄,记住在避暑山庄里发生的往事吧。

◎ 一箭"射"中两位皇帝

肇建承德避暑山庄的康熙,是中国历史上文治武功都非常卓越的一代英主。然而,就是这样一位开创中国18世纪不朽辉煌的封建帝王,却被自己的家务事搞得焦头烂额,最终还留下了寿终而未能正寝的悲剧传说。传说的生命力是强劲而蓬勃的,但它毕竟是传说,与正史有着迥异之处。不过,传说有时倒也反映了一些历史,就比如说关于康熙传位一事。

晚年的康熙,应对的主要政务就是皇位传承问题。在经历了皇太子两立两废的重大变故之后,康熙已经是心力交瘁、苦不堪言了。但是,关乎国家最高统治权的交接问题,康熙不能不慎之又慎。就在康熙意属皇四子还是皇十四子继承大统的犹豫之间,一个有利于皇四子胤禛的重要砝码的出现,最终决定了大清王朝入主中原后第三代领导人的诞生。这个重要的政治砝码,就是皇

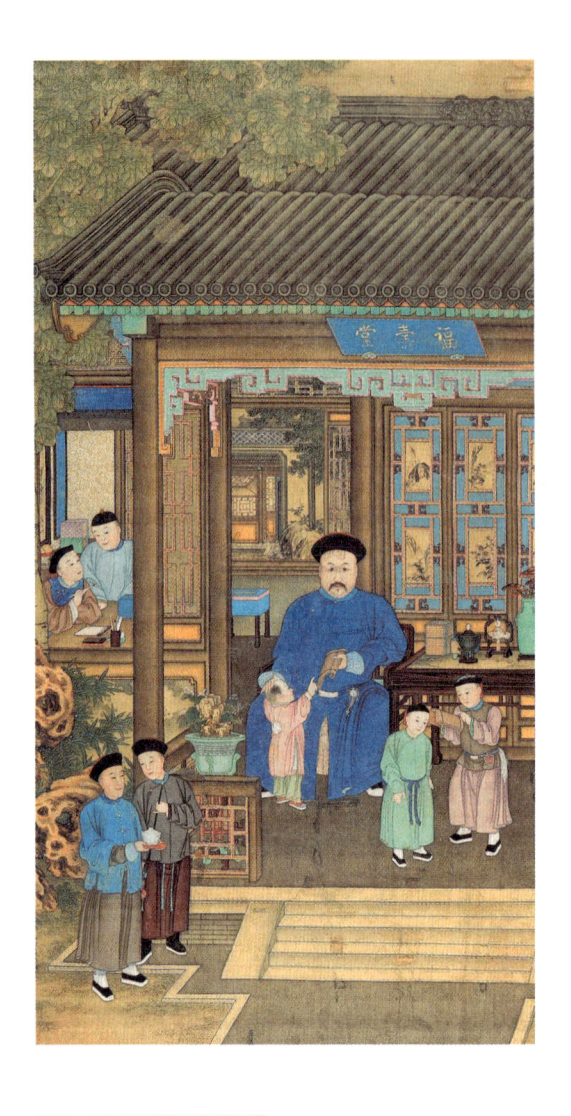

四子胤禛的儿子——当时年仅12岁的弘历（乾隆皇帝）。而康熙最终把皇位传给胤禛，使这个"头发卷曲，习性不定"的皇四子成为雍正皇帝的原因，据说就是因为他儿子弘历的出现。因为宠爱孙子而传位该皇子的事，早在商周时期就有先例了。乾隆皇帝的《裕陵圣德神功碑文》中说：

（乾隆）年十二随世宗（雍正）初侍圣祖（康熙），宴于牡丹台，一见异之曰：是福过于予。厥后扈驾避暑山庄，及木兰行围，恭承恩眷，辞见圣制《纪恩堂记》，于是灼然有太王贻孙之鉴，而燕翼之志益定。

在这段碑文中记述的"燕翼"和"太王贻孙"，都是中国的历史典故。"燕翼"，典出《诗经·大雅·文王有声》里"诒厥孙谋，以燕翼子"。有关文献

雍亲王教子图

清金廷标绘。应是乾隆皇帝为缅怀其父，命金廷标绘制的宫廷布置画。描绘雍正皇帝未登基时，在潜邸便服教子的天伦融融之况。

中记载，周王朝的奠基人太王古公亶父有三个儿子：长子太伯、次子虞仲、少子季历，季历生有一个儿子，名字叫昌，太王非常喜爱他，就说："我世当有兴者，其在昌乎！"于是，太伯和虞仲就明白了父亲将立季历以传位于昌的心理，便找了一个蛮荒偏僻的地方文身断发，而让三弟季历继承了大位。后来，季历的儿子姬昌又继承周王的大位，姬昌对内称王，即周文王。周文王病逝，世子姬发继位，即周武王，其出兵伐商，商朝正式灭亡。有了前朝先例，康熙也因此而传位给四子胤禛的传说似乎就有了根据。

确实，早在康熙六十一年（1722年）的那个春天，后来的乾隆皇帝、康熙帝的孙子弘历在雍王府邸牡丹台第一次谒见皇祖康熙时，就引起康熙的关注，后来又因为雍正皇帝进呈了弘历的"八字"而更加得到随侍康熙身旁的眷宠。特别是，在那年夏秋两季到木兰围场和承德避暑山庄共度的时光里，更使康熙逾格恩爱弘历的心态展露无遗。一次，年仅12岁的弘历跟随祖父康熙到永安莽喀围场进行狩猎。在狩猎过程中，康熙想借机考察一下诸多皇子的骑射能力，并许诺谁狩猎最多就赏赐黄马褂。在康熙的诸多皇子中，皇十四子和皇十三子实力相当，射杀的猎物也最多，可两位皇子难分伯仲。就在康熙为难之际，年幼的皇孙弘历挺身而出，说他也能射杀这么多的猎物。康熙闻听，心里非常高兴，就允准弘历也入围狩猎。在高高的看城上，康熙见年幼的皇孙弘历跨马弯弓追逐猎物的英武模样，心里早就有了许多喜爱，当弘历首发一箭就射杀一头麋鹿时，康熙大为高兴，急忙让弘历从围场出来，并亲自迎上前将自己身上的黄龙袍解下，披在了孙子弘历身上。见此情景，在场皇子和随扈的王公大臣心里似乎都明白了些什么。

王公大臣到底明白了什么，姑且不论。不过，康熙喜爱弘历的事还是数不胜数的。还是在那年的一次狩猎中，当狩猎合围时康熙手持火枪一枪击中了一头黑熊，因为不知道黑熊当时是否毙命，就命令几名侍卫护送弘历到近前补射几箭，以望弘历有一个首次狩猎就能毙杀猛兽的好名声。不料，待弘历骑着

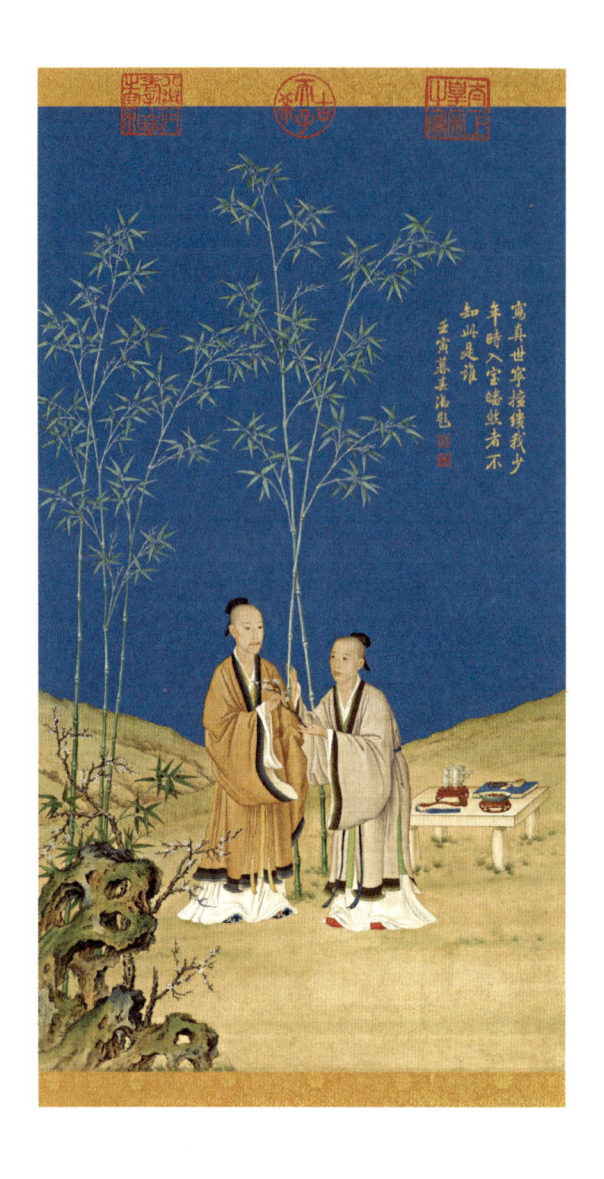

他那匹小马快到近前时，受伤的黑熊却突然站了起来，并向弘历猛扑过去。这一突然变故，吓得康熙脸色骤变，急忙用枪将黑熊击毙。事后，康熙连连后悔说："这孩子命运贵重，要是到跟前时黑熊扑上来，成何体统？"

康熙钟爱幼孙弘历，还表现在日常生活的小事中。在避暑山庄祖孙相伴的日子里，每次弘历陪侍康熙钓鱼归来，总想着让孙子拎几条活鱼送给胤禛，以示怜爱。一次，弘历在山庄自己的居地"鉴始斋"里读书时，远远闻听祖父康熙在喊他的名字，就跑到窗前观看，见康熙乘坐御舟正驶向自己的书斋邀他一同去钓鱼，他便急忙奔出室外，沿着曲折山路向湖边跑去，待康熙一把将弘历揽入怀中时，他急切地说："慢点，慢点，有个闪失可怎么办？"言辞之间，那种慈祖爱怜孝顺

平安春信图

清郎世宁绘，故宫博物院藏。所描绘的是雍正皇帝和当时尚为皇子的宝亲王弘历的形象。

孙子的心态是一览无余的。还有一次，康熙带弘历到"观莲所"观赏荷花。面对景致怡人的莲花湖景，康熙问弘历是否会背诵周敦颐名篇《爱莲说》，当弘历一字不差地朗朗成诵时，康熙大为赞赏，当场挥毫题写长短两个条幅赏赐给弘历。当康熙问弘历是否喜欢他的字时，面对康熙那龙飞凤舞的潇洒字体，弘历早已钦慕不已，当即机灵地展开随身携带的扇子，恭请皇祖父再为他题字。康熙为弘历的机灵懂事倍感欣慰，就又在那扇面上题了一首诗，与那两个条幅一并赐给了弘历。像这类体现祖孙情深的日常小事，在弘历身上是屡有恩宠，而对于康熙数十个其他孙子来说，就是鲜为听闻的事了。

当然，仅凭康熙宠爱孙子弘历就决定他传位给胤禛的话，理由也许还有些牵强，因为至今还没有历史文献能够证明它。不过，康熙宠爱弘历是不争的史实，弘历在性情方面和后来施政中也多有效仿康熙的事例。如此，弘历在狩猎场一箭"射"中两位皇帝的传说，从某种意义上说也许还是有道理的。

◎ 三百年草屋之谜

关于清王朝入关后第三代领导人雍正皇帝，实在有太多的难解之谜。无论是他继承皇位的正统与否，还是他突然驾崩的惊险离奇，抑或以一具黄金铸就的头颅入葬泰陵地宫，都给人以探寻了再探寻、传说了再传说的空间和余地。抛开这些世人热衷的焦点谜题，我们来了解一下雍正皇帝那向来鲜为人闻的情爱。不过，雍正皇帝既不像世祖顺治皇帝那样敢爱敢恨，爱得炽烈狂热，无所顾忌；也不比其子乾隆皇帝有那么多巡幸游乐，留传后世艺文演剧界俯拾皆是的奇艳浪漫。但是，雍正皇帝那唯一一次宫闱之外的情欲冲动，不仅引发其子嗣执政时的诸多政治风潮，也使今天文史界许多泰斗权威都卷入这场永难诉清的聚讼之中。

1944年5月1日，周黎庵先生根据逊清遗老冒鹤亭的转述，在半月刊杂志

雍正皇帝像

　　爱新觉罗·胤禛（1678—1735年），清朝第五位皇帝。在位期间勤于政事，自诩"以勤先天下""朝乾夕惕"。进行了一系列改革，对于康乾盛世的连续具有关键性作用。

《古今》上登载一篇题为"清乾隆帝的出生"的文章。文章中说：

　　鹤丈云：乾隆生母李佳氏，盖汉人也。凡清宫人之隶汉籍者，必加"佳"字，其例甚多。雍正在潜邸时，从猎木兰，射得一鹿，即宰而饮其血。鹿血奇热，功能壮阳，而秋狩日子不携妃从，一时躁急不克自持，适行宫有汉宫女，奇丑，遂召而幸之，次日即返京，几忘此一段故事焉。去时为初冬，翌岁重来，则秋中也，腹中一块肉已将堕地矣。康熙偶见此女，颇为震怒，盖以行宫森严，比制大内，种玉何人，必得严究，诘问之下，则四阿哥也。正在大诟下流种子之时，而李女已届坐褥，势不能任其污亵宫殿，乃指一马厩令入。此马厩盖草舍，倾斜不堪，而临御中国六十年，为上皇者又四年之十全功德大皇帝，竟诞生于此焉。鹤丈曾佐热河都统幕，此说盖闻诸当地宫监者。此草厩至清末垂二百年，而每年例需修理一次，修理之费，例得正式报销。历年所费，造一宫殿已有余资，而必须修此倾斜之草厩者，若无重大历史价值，又何至于此？

上海"孤岛"时期著名杂文家周黎庵先生援引逊清遗老、近代作家和学者冒鹤亭先生之说中，如果单是叙述康熙四十九年（1710年）雍正皇帝随猎木兰围场，射鹿饮血后欲火难耐，便与宫女李氏金桂在避暑山庄有一段露水房事的话，那对于封建帝王来说实在是一件太平常不过的事了。然而，雍正皇帝这次偶种之玉，竟是中国数千年封建王朝中实际执政时间最久、寿命最长、文治武功空前的"十全皇帝"乾隆。而这位"真龙天子"如果真是出生在避暑山庄狮子园旁一个倾斜的草房之中，就与清官方修纂《清高宗实录》的记载不相一致，且就连乾隆皇帝生母是汉族宫女李金桂还是雍正皇帝的皇后钮祜禄氏这样的大事都不能明了了。这关系皇室龙种血脉是否正统的大事岂是可以轻视的？

查考典籍史料，持乾隆皇帝是汉族宫女李氏诞生在避暑山庄狮子园旁那草房之说的，最早要数乾隆晚年的军机章京管世铭。这位参与乾隆皇帝机要工作达10余年之久的军机章京，曾写有一部名为《韫山堂诗集》的书，其中记述皇帝狩猎木兰围场那三十四首组诗中的第四首就写道：

庆善祥开华渚虹，降生犹忆旧时宫。
年年讳日行香去，狮子园边感圣衷。

在这首七言绝句的下面，管章京还作了这样的注解：

清世宗雍正孝圣宪皇后像

清世宗孝圣宪皇后钮祜禄氏（1692—1777年），满洲镶黄旗人，乾隆皇帝生母。雍正元年（1723年）封为熹妃，八年（1730年）封为熹贵妃。十三年（1735年）其子弘历（乾隆皇帝）即位，尊为圣母皇太后，上徽号曰崇庆皇太后。

狮子园为皇上降生之地，常于宪庙（雍正）忌辰临驻。

管世铭说得很明白，即乾隆皇帝诞生在热河狮子园。而《清高宗实录》中却记载：

康熙五十年（1711年）辛卯，八月十三日子时，（钮祜禄氏）诞上（乾隆）于雍和宫邸。

试想，乾隆皇帝生于康熙五十年（1711年）八月十三日，若是钮祜禄氏所出，其时钮祜禄氏正临分娩期，大腹便便，绝对不可能离开京城而来到避暑山庄。如此，乾隆皇帝就应该是汉族宫女李氏的亲生。而按照清廷典制，母以子贵，乾隆皇帝如果是李金桂所生，李氏就应当有皇家封号，但遍查雍正皇帝的所有后妃，却没有李氏这个人。这就实在让人如堕云雾不知所从了。

如果说管世铭人微言轻，所作诗文不足信奉的话，那么贵为天子的嘉庆皇帝所言应该不会有错吧。记得在避暑山庄太上皇乾隆86岁过万寿节时，嗣皇帝嘉庆就曾以"万万寿节率王公大臣等行庆贺礼恭记"为题，作了一首祝贺的诗。这首诗的首联为"肇建山庄辛卯年，寿同无量庆因缘"，并自己注解说：

康熙辛卯肇建山庄，皇父（乾隆）以是年诞生都福之庭。山符仁寿，京垓亿秭，绵算循环，以怗冒奕祀。

其中那"是年诞生都福之庭"一句，从上下文来看，指的就是乾隆皇帝诞生在避暑山庄的意思。如果说嘉庆皇帝这首诗说得还不太明白的话，那么在乾隆皇帝87岁生日再度临幸避暑山庄时，嘉庆皇帝仍以上题为题又作了一首恭

狮子园草房

此照片拍摄于1900年前后。狮子园是康熙皇帝赐给胤禛的府邸，是热河避暑山庄以外最大的园子。1907年7月狮子园被洪水冲毁。

诗，就将乾隆皇帝出生地说得更加明白无误了。他在该诗"合万方欢群爱敬，以天下养式仪型"一句下注解说：

敬惟皇父以辛卯岁诞生于山庄都福之庭，跃龙兴庆，集瑞钟祥。

然而，嘉庆皇帝后来还是放弃了自己的观点，认同皇室玉牒和《清高宗实录》中记载的乾隆皇帝"诞生于雍和宫邸"之说。个中原因纷杂繁复，不过因为有上述一档子的事，导致后人多据此而纷争不息，并出现许多大胆假设和小心求证的事。最大胆的莫过于著名学者胡适先生在1922年初春访问民国初年曾任国务总理的熊希龄，并听信他回忆当年热河行宫一老宫役的讲述。下面照录胡适先生在1922年4月2日《日记》中记录那老宫役的话：

乾隆帝之生母为南方人，浑名"傻大姐"，随其家人到热河营生（热河有南方各种工匠，如油漆、红木之类）。时方选秀女，临时缺一名，遂把她列入充数。后来太子（雍正）病重，傻大姐在侍女之列，服侍最勤，四十余日衣不解带，太子感其德，病愈后随和他（她）有关系，他（她）后来在一茅蓬内生一子，即乾隆帝也。后来乾隆帝就在产生之地作此茅屋，留为纪念。

其实，稍稍熟悉清史的人，便可发现"老宫役"这一说法破绽太多。一是康熙晚年废太子后直至驾崩一直没有预立太子，"老宫役"所说雍正皇帝当时是太子，我们就不必吹毛求疵了；二是清廷每选秀女必在满洲八旗之内，宫中不蓄汉女是不变的祖宗定制，岂有冒充秀女混进皇宫之说？既然如此，就连胡适先生最后也说："此事无从考证了。但乾隆帝实在像一个傻大姐的儿子！"这后一句话说乾隆皇帝像"傻大姐的儿子"，恐怕是胡老先生的笑谈吧。

胡适先生敢于大胆假设，读者姑妄听之，而对于史学专家庄练（苏同炳）

先生的"小心求证",人们就不能不严肃对待了。记得庄先生在《中国历史上最具特色的皇帝》一书中,对冒鹤亭转述汉族宫女李氏在热河马厩里生下乾隆皇帝的观点也持一种肯定态度,并为此找了三条史料以做佐证。

其一,庄先生据《清圣祖实录》卷二四七中记载"康熙五十年七月,皇四子和硕雍亲王胤禛赴热河请安"一句,推测说雍正皇帝当时并没有随康熙赴热河狩猎,而正当七月流火之季,雍正皇帝却专门跑到热河去请安,若不是有什么重大事故需要向父皇请命的话,他实在没有专程请安的必要。庄先生还说,官书记载请安一说多是文饰

弘历观画图

清郎世宁绘,故宫博物院藏。画面中的乾隆皇帝和侍者全为汉服打扮,更引起人们对其出身的猜想。

之词，另据时间推测，其时正当乾隆皇帝生母即将分娩之时，如果不是康熙发现雍正皇帝当年与宫女李氏去年"种玉之事"而召至讯问的话，也就没有在关键时刻让雍正皇帝在炎热夏季到热河请安的缘故了。

其二，就是前面提到军机章京管世铭《韫山堂诗集》中的一说。庄先生认识到，管世铭作诗时乾隆皇帝还在人世，他胆子再大也不敢拿皇帝出生地来开玩笑，何况管世铭还是那种处事十分谨慎恭谦之人呢。

其三，即庄先生根据清代官修《热河志》为何专门将"草房"记入狮子园一说。他考辨说：

考之清代官修的热河志，热河行宫有狮子园，乃是康熙时御赐雍正所居之别馆，园中有一处房屋，名为"草房"而别无其他名称，殊与同一别馆中的亭台堂阁显然有异。如果说是因为"草房"的规制陋陋，不足以登大雅之故，所以才没有被赐以专名，然则又为何要将这一处不足以登大雅之堂的"草房"专门列入狮子园的房屋记载之内，与其他赐以专名的堂阁亭台同占一席之地呢？很显然的，此一草房，并非寻常的草房，正是冒鹤亭所说，是当年诞生乾隆的"草厩"也。

为了声援庄练先生的正面论证，被称为"考据癖"的著名历史小说家高阳（许晏骈）先生说："高宗（乾隆）生母为热河行宫'避暑山庄'的宫女李氏，经我友苏同炳兄考定不虚；正面的证据，当然不会有了，但反面的证据仍很坚强。"随后，他振振有词地说："我亦发现世宗孝圣宪皇后钮祜禄氏，并非高宗之生母。"为了证实自己的观点，这位自称"历史刑警"的高阳先生，列举了两条证据：一是"依清会典规定，亲王可请封侧福晋四人，但以生有子女者为限，世宗（雍正皇帝）在潜邸时，侧福晋仅二人，即后封贵妃的年羹尧之妹和后封为齐妃的李氏，皆曾生子。孝圣宪皇后钮祜禄氏，父名凌柱，官四品典仪内大臣，如确于康熙五十年（1711年）诞高宗（乾隆皇帝），不应不封；且号为'格格'，仍是小姐的身份"。这实在不合祖宗的典章规制。二是"凡妃嫔以生子为帝而被尊为皇太后者，上尊号的册文中，必有'诞育'皇帝的字样，因为这是她唯一当上了太后的原因，非彰明不可"。为此，高阳先生还细细检索了张采田先生所纂写的《清列朝后妃传稿》一书，并列举顺治、康熙和雍正三位皇帝为生母上尊号的册文，都如其所说有"诞育"的字样，唯独孝圣宪皇后钮祜禄氏被乾隆皇帝尊为皇太后的册文中没有。三是高阳先生还说："高宗最喜欢咬文嚼字，果为孝圣宪皇后所出，而竟不用诞字，是诚何心？"

崇庆皇太后万寿图（局部）
清代绘制，故宫博物院藏。画面中乾隆皇帝在慈宁宫为崇庆皇太后祝八旬寿辰，皇太后端坐在龙椅上，乾隆皇帝则坐在旁侧贴心奉陪。参加庆祝的还有皇后、贵妃、亲王福晋及皇子皇孙等。

好一个"历史刑警",其论体系之完整,论证之严密,简直无懈可击,以致动摇了清代官书和后世一些清史专家的论述。

关于承德避暑山庄中一个小小的茅草房,竟让时人和后世有如此之多的争论,实在是一件很有趣的事。不过,至今这个已经存在了300多年的草房之谜,还没有什么确凿证据来揭开它的谜底。如此,只好留待方家去考证了。

◎ 猝死传闻也怪诞

历史航船在风雨中行进到嘉庆二十五年(1820年),清嘉庆皇帝突然在承德避暑山庄驾崩了。说嘉庆皇帝突然驾崩,也就是说他属于猝死,这本没有什么异议,因为从他生病到死亡仅有一天时间。然而,原本就疑窦丛生的猝死之谜,再加上当时承德上空暴雨滂沱,电闪雷鸣,以及诸多的怪诞传闻,更给这一突发事件蒙上了神秘的雾纱。

嘉庆二十五年(1820年)七月十八日,嘉庆皇帝从北京圆明园出发,前往避暑山庄准备狩猎木兰围场。六天行程,嘉庆皇帝只是"偶感暍暑",并没有什么病症,而且"治事如常"。可是,到了避暑山庄第二天傍晚就突然病倒了,几个小时后便驾崩在避暑山庄的烟波致爽殿里。关于这一突发事件的权威记述存于中国第一历史档案馆的《清仁宗(睿皇帝)实录》,其中有这样一段文字:

(七月二十五日)上不豫,皇次子智亲王旻宁、皇四子瑞亲王绵忻朝夕侍侧,上仍治事如常。响夕,上疾大渐。戌刻,上崩于避暑山庄行殿寝宫。

嘉庆皇帝驾崩后第四天,他的孝和睿皇后也发懿旨说:

我大行皇帝……本年举行秋狝大典，驻避暑山庄，突于二十五日戌刻龙驭上宾……但恐仓促之中，大行皇帝未及明喻……

从以上文献中可以得知，嘉庆皇帝驾崩确实是仓促的。

既然嘉庆皇帝生前并没有什么病症的记录，也确实如他所说"朕体素壮，未曾疾病"，可为什么就突然驾崩了呢？而这位勤于政务、敦俭崇朴、倡廉敬实、反浮除虚的一代守成之主，在猝死之后又为什么有那么多的怪诞传闻呢？

传闻一，嘉庆皇帝嬖宠身边的一个小太监，二人经常在一起寻欢作乐，这种丑闻当时已在宫廷内外传开。到达避暑山庄的当天，嘉庆皇帝就来到烟波致爽殿寝宫后面"云山胜地"小楼上，与那小太监亲密幽会。正当他们如胶似漆之际，突然一道闪电穿云而出，炸开了"云山胜地"的门窗，当即就将嘉庆皇帝烧得面目焦糊，毙命归天去了。对此，人们认为作为万乘之尊的皇帝竟然破坏纲纪，悖乱伦常，实在为上天所不容，才有了这种上天报应的结果。据说，后来办殓大臣为了掩盖这一宫廷丑闻，就找来一个身材貌相与嘉庆皇帝十分相似的太监处死，并为他穿天子龙袍，放在棺椁的上层，而将嘉庆皇帝的尸首藏于底部，然后一同葬入昌陵地宫里。

传闻二，嘉庆皇帝和随扈王公大臣们到达避暑山庄后，立即全副武装地奔赴木兰围场。然而，围猎第一天只射杀了两只瘦弱的小狍子，这使嘉庆皇帝十分扫兴，第二天便悻悻地起程准备返回避暑山庄。不料，在途中突然风云异色，平地里第一声炸雷就将嘉庆皇帝击毙于马下。关于这种说法，好像是源自嘉庆二十四年（1819年）木兰秋狝的情况，因为那年狩猎时确实是电闪雷鸣，暴雨滂沱，而且围猎的收获也很少。

传闻三，嘉庆皇帝驻跸避暑山庄后，就因病躺在寝宫烟波致爽殿里休养，几天后便有所好转理事如常了。不料，一天避暑山庄突然暴雨急至，雷

烟波致爽殿内景

烟波致爽殿是清朝皇帝在承德避暑山庄的寝宫,也是嘉庆皇帝的驾崩之地。

电轰闪,整个避暑山庄遭到暴风雨的袭击。不过,虽然人们都惊慌失措,但并没有受到什么伤害,唯独嘉庆皇帝一人在雷电中丧命。

面对这三个不同的怪诞传闻,唯一相同的就是都与雷电相关。确实,嘉庆皇帝在避暑山庄猝死的时候,热河地区的确是暴雨滂沱,电闪雷鸣,这首先就为嘉庆皇帝遭雷击身亡的传闻提供了客观条件。其次,当时人们对许多自然的异常现象,还无法像今天这样给出科学的解释。既然无法诠释这些自然现象,他们只好转而相信天数,也就是笃奉上天主宰一切,谁违逆天意就要受到惩罚,顺应天数也可得到上天的祥瑞。对于这种天人感应的说法，不仅当时的平民百姓尊崇惧怕，就连嘉庆皇帝本人也深信不疑。不过，传闻毕竟是传闻，嘉庆皇帝为雷电所毙并没有什么确凿证据。近年来，倒是因为他心情郁闷，"偶感暍暑"，再加上得不到及时救治而猝死的说法，赢得了许多专家学者的认同。

确实，《清仁宗实录》卷三七四中记载："此次跸途，偶感暍暑。迨抵山庄觉痰上壅，至夕益甚，恐弗克瘳。"是的，嘉庆二十五年（1820年）的木兰秋狝，一开始嘉庆皇帝就心情郁躁，前段路程他始终闷坐在轿里，感到十分暑热难耐。出了长城的古北口后，嘉庆皇帝又策马奔驰在广仁岭上，面对周围丛林苍翠、峡谷深幽的景致，嘉庆皇帝渐渐好转的兴致还是不够洒脱的。当时他留有诗作《至避暑山庄作》，就明显地流露出这种灰色的心绪：

拂曙乘黄度广仁，境临承德德常新。
兆民逢稔群生遂，天子来巡万物春。
狝狩习劳修旧典，屏藩切念惠嘉宾。
岂耽游豫二旬驻，几务时亲饬众臣。

带着这种心理重负到木兰去秋狝，也真是难为了这位天朝君主。然而，嘉庆皇帝依然是驰马日行七十里，这对于年逾六旬、体态肥胖的他来说，实在是一种剧烈运动。当时，王公大臣们都对嘉庆皇帝的精神状态感到欣喜不已，可是他们都忘了剧烈运动会给老人的心脏、血压和肺活量等增加极大负荷。到达避暑山庄后，出了一身汗的嘉庆皇帝又按惯例进行一系列祭拜礼，可等到当晚就寝时，他就感到四肢乏力和胸闷憋气了。由于一天的疲劳，嘉庆皇帝渴望能早入梦乡，可无论如何也睡不稳实。挨到第二天天亮，嘉庆皇帝肥胖的脸面更显浮肿，身体状况也一下子衰弱下去，不一会儿便痰气攻心，说不清话语了。即使如此，嘉庆皇帝还是宣布了他执政期间最后一道人事任命，即擢升詹事府少詹事朱士彦为内阁学士兼礼部侍郎、翰林院侍读学士顾皋为詹事府詹事。到了正午之后，嘉庆皇帝的病情开始加重，渐渐地昏迷过去，即便偶尔醒来也是不能言语了。就在这时，热河地区的上空黑云密布，天色骤变，一阵狂飙带走最后一丝光亮的同时，便是电闪雷鸣，暴雨急泄。正当人们惊慌失措时，嘉庆皇帝一时间上气不接下气，即刻就溘然离世了。根据嘉庆皇帝从生病到猝死的短暂过程，可以推测出他痰气上壅的表现，明显属于暑热内侵所致，这与他平常就畏惧溽热，一年中大半时间在圆明园或避暑山庄理政的情况是相符的。

另外，我们来看看避暑山庄研究会编撰的《避暑山庄论丛》一书中，关于避暑山庄在新中国成立后30年的气候变化资料，来分析推测当地气候情况对嘉庆皇帝死亡的影响。据刘继韩、周一星《论避暑山庄的气候意义》一文统计，五月和八月承德与北京的平均最高气温分别是25.4℃、28.5℃和26.4℃、29.4℃，温差

烟波致爽殿龙床

烟波致爽殿西暖阁是避暑山庄皇帝的卧室，皇帝床上的铺盖是有规矩的，四床被子叠八层，取四平八稳的意思。不过，嘉庆皇帝、咸丰皇帝均死在这张床上。

分别为1℃和0.9℃，也就是说同期承德的相对温度比北京要低。再加上避暑山庄四周植被生长繁茂，也有利于降暑。但是，人们也应该承认承德地处低山丘陵的盆地之中，而盆地由于受热面积大，气流不畅，从而也造成了七月和九月的高温可达41℃，这明显比北京要热得多。嘉庆皇帝是七月中下旬到达避暑山庄的，他偶感中暑是不可忽视的事实。再加上因为避暑山庄的潮暑而导致休息不好，以及救治不及时等原因，终使嘉庆皇帝神志昏迷、呼吸不畅而猝死。只是，嘉庆皇帝这种结局，实在不是康熙建造避暑山庄以避暑的初衷。

昌陵圣德神功碑亭

昌陵位于河北易县清西陵，是嘉庆皇帝爱新觉罗·颙琰和孝淑睿皇后喜塔腊氏的合葬陵寝。

说嘉庆皇帝属于猝死，从发病到驾崩，健壮的生命仅在时空中短暂地挣扎了不足一天；不是猝死，似乎也应该看到嘉庆皇帝大力革吏弊、惩腐侈、盼革新、致中兴，仍然是积重难返。他这种无力挽狂澜于既倒，扶大厦于将倾，以致积劳成病而导致瞬间崩逝的结局，其实是他多年心病的总爆发而已。

◎ "战乱皇帝"

送走了在承德避暑山庄烟波致爽殿里猝死的嘉庆皇帝，时间仅仅向前划动了40年，清朝又一位帝王咸丰皇帝也在同一殿堂里驾崩了。虽然咸丰皇帝的死没有什么怪诞的传闻，但他留给人们的故事同样吸引了人们的视线。特别是，他在位短短11年竟几乎都在战乱中度过，所以人们称他是"战乱皇帝"。

由于咸丰皇帝领导的清政府在战场和外交上一系列失败与失误，英法联军于清咸丰十年（1860年）七月攻陷天津城。面对侵略军咄咄逼人的嚣张气焰，咸丰皇帝束手无策，只好以狩猎木兰的堂皇名义逃往承德避暑山庄，以求获得暂时的安宁。不过，咸丰皇帝获得暂时安宁是以一系列不平等条约和皇家御园圆明园被抢掠焚烧为代价的。即便如此，昏庸无能的咸丰皇帝并没有摒弃他那荒淫奢靡的本性，更别说奋发图强去洗雪国耻家恨了。

来到避暑山庄的咸丰皇帝，没有致力于挽救大厦将倾的清王朝于厄运，反而整天花天酒地，过着醉生梦死的糜烂生活。众所周知，封建帝王的后宫妃嫔是十分众多的，就连在战乱年代咸丰皇帝也有妃嫔达19人之多。然而，虽有这么多俏丽佳人陪伴左右，咸丰皇帝却并不满足，他竟能在太平天国运动如火如荼之际，下令在全国范围内挑选秀女，并不顾祖宗旧制挑选汉族女子进入皇宫。沉湎于酒色歌舞之中的咸丰皇帝，脾气还特别古怪，每次喝酒必醉，醉后必然打人，酒醒又后悔不已，可没几天老毛病就重犯无疑。对此，许指严在

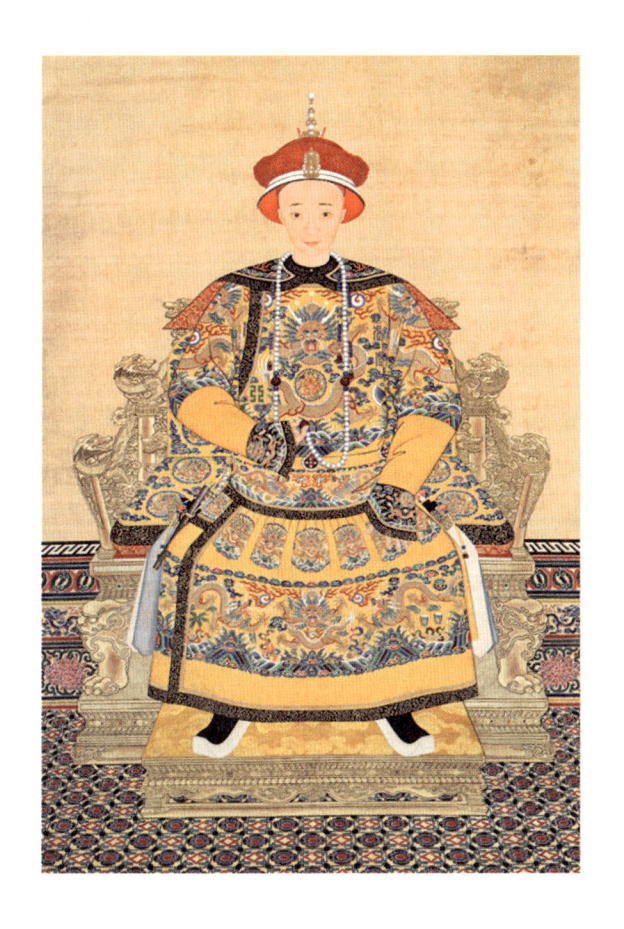

咸丰皇帝像

爱新觉罗·奕詝（1831—1861年），中国历史上最后一位有实际统治权的皇帝，咸丰十一年（1861年）驾崩于承德避暑山庄，享年31岁。

《十叶野闻》中记载说：

文宗嗜饮，每醉必盛怒，每怒必有一二内侍或宫女遭殃，其甚则虽所宠爱者，亦遭戮辱。

虽然咸丰皇帝的慈安皇后，也就是史称的东太后，对他多有规劝，但咸丰皇帝当时听从，过后不久就忘得一干二净。后来，为了躲避慈安皇后的规劝和紫禁城里的约束，咸丰皇帝每年新春一过就移驻圆明园，一直住到十月初冬才返回皇宫大内。

咸丰妃嫔行乐图

  清代绘制，故宫博物院藏。此图描绘玫贵妃与春贵人、鑫常在在花园中钓鱼的情景。

  在驻跸圆明园期间，咸丰皇帝获得了许多来自江南的妙丽少女，以打更、巡逻和值班的名义留住在园中，其实是专门供他召幸玩乐的。这位荒淫无度的咸丰皇帝，由于纵欲过度身体迅速衰弱，乃至有时在朝会上也因为站立不住而中途休会。后来，经过御医的诊断，建议他饮用鹿血来治病，并能起到补阳壮肾的作用。于是，就有了咸丰皇帝在皇家御园里豢养麋鹿的奇事，以及到承德逃避战祸时仍"命率鹿以行"的荒唐事。

  避暑山庄本来是咸丰皇帝的福地，而这次却成了他魂丧九天的险地。说避暑山庄是咸丰皇帝的福地，那还是他当皇子时候的事。咸丰皇帝的父亲道光皇帝有好几位成年皇子，他希望能够将皇位传承给贤德之君。而关于咸丰皇帝的最终获胜，传说是源自在北京南郊的一次狩猎。对此，在《清人逸事》一书中有这样一段记载：

滨州（杜受田的字）时在上书房行走，适授文宗读。微窥上意所在，欲拥戴文宗以建非常之勋。一日上命诸皇子校猎南苑，故事皇子方读书者奉命外出。临行时必到师傅处请假。所以尊师也。是日文宗至上书房，左右适无人，惟滨州一人独坐斋中。文宗入，行礼毕。问将何往，以奉命校猎对。滨州乃耳语曰："阿哥至围场中，但坐观他人骑射，万勿发一枪一矢。并当约束从人不得捕一生物。复命时上若问及，但对以时方春和，鸟兽孳育，不忍伤生命以干天和。且不欲以弓马一日之长与诸弟竞争也。阿哥第以此对，必能上契圣心，此一生荣枯关头，当切记勿忽也。"文宗既至围果如所嘱行之。是日恭王所射禽兽最多，方顾盼自喜。见文宗默坐，从者悉垂手侍立。怪之问其故。文宗曰无他，但今日适不快，弗敢驰逐耳。日暮归复命。文宗独无所献。上询之，其如滨州所教以对。上大喜曰："是真有人君之度矣。"立储之议遂决。

不管这则故事的可信度有多大，但最终道光皇帝预立的储君果然是后来的咸丰皇帝。然而，面对风雨飘摇的清帝国大厦，成为皇帝的咸丰却没有其祖先那或开疆拓土或创建辉煌或保守成功或励精图治或力挽颓势的治政大略。相反，面对内忧外患的艰难局势，咸丰皇帝竟然弃首都于不顾，慌忙逃到避暑山庄，并采取破罐子破摔的消极态度，整天沉湎于酒色，最终落了个驾崩行在的悲惨结局。

如果说咸丰皇帝的悲运是他自作自受的话，那么导致他死后那八位"顾命

道光皇帝像

爱新觉罗·旻宁（1782—1850年），在位时颇思励精图治，但"守其常而不知其变"，鲜有作为。鸦片战争失败后与英国签订了中国近代史上第一个不平等条约《南京条约》，中国由此沦入半殖民地半封建社会。

大臣"悲运的，就不能不归咎于他临终前将政治权力进行不对称分配了。那么，权势熏天的顾命八大臣，为什么没能争斗过两个年轻的寡妇——慈安太后和慈禧太后，最终竟连自己的小命都没顾得上呢？

◎ "顾命大臣"顾不了自己的命

咸丰十一年七月十七日（1861年8月22日），咸丰皇帝在承德避暑山庄驾崩。即将归天之际，咸丰皇帝对清王朝最高统治权进行了自以为合理的分配，不料正是因为他"合理"的失误，导致了一场宫廷政变的发生。

早在咸丰皇帝亡命承德前，他在将自己的弟弟恭亲王奕䜣留在北京收拾险恶政治局面的同时，让以肃顺为首的几名股肱成了身边的随扈大臣，这就注定日后两个政治集团之间的争斗。不过，咸丰皇帝之所以把自己的亲弟弟留在北京，让他远离政治权力中心，就说明他并不看重这位恭亲王。究其原因，可以上溯到道光皇帝当年对两个儿子谁继承皇位的考察上，虽然后来是咸丰皇帝获胜了，但是道光皇帝在同一份遗命诏书中也把自己宠爱的皇六子奕䜣封为了恭亲王。关于父亲的临终遗命，咸丰皇帝虽然心里不痛快，但他又不能更改，所以始终对自己的这位六弟采取排斥态度，这次不让他随扈承德就是最明显的例证。不过，善于韬光养晦的恭亲王始终在积蓄着自己的力量，也在时刻关注着承德的一举一动。然而，始终不信任自己亲弟弟的咸丰皇帝，在将皇位传给年仅六岁的唯一儿子载淳（同治皇帝）时，并没有让恭亲王奕䜣辅佐年幼的侄儿同治皇帝，而是把载垣、端华、肃顺、景寿、穆荫、匡源、杜翰和焦佑瀛八人遗命为赞襄政务大臣，辅佐幼帝，主持朝政，这也就是前文所说的"顾命八大臣"。

既然如此，也即表明恭亲王奕䜣在这场权力争斗中首先处于了劣势。不过，这个时候由于一个女人的出现，不仅迅速扭转对恭亲王不利的局面，还最终彻底击败了大权在握的顾命八大臣，这个女人就是后来实际执掌中国政权长达48年之久的慈禧太后。

当时，慈禧虽是高贵的太后，其实只是一个27岁的年轻寡妇，和她同时成为寡妇的还有25岁的慈安。慈安太后，姓钮祜禄氏，广西右江道穆扬阿之女，她在咸丰当皇帝前就侍奉咸丰皇帝，咸丰二年（1852年）被封为贞嫔，后晋封为贞贵妃，最后被册立为皇后，而等到咸丰皇帝一死，她就以正宫皇后的身份，理所当然地成了太后。而慈禧太后，姓叶赫那拉氏，安徽宁池太广道道员惠征的女儿，咸丰四年（1854年）入宫，最初

恭亲王奕䜣

　　爱新觉罗·奕䜣（1833—1898年），道光皇帝第六子，清末洋务派首领。咸丰皇帝逃亡热河时被任命为全权大臣，与英、法、俄分别签订《北京条约》。咸丰皇帝死后与慈禧太后共谋发动祺祥政变（辛酉政变），清除顾命八大臣。

　　是品级较低的兰贵人，后来为咸丰皇帝生下唯一的儿子载淳，就母以子贵被晋封为懿妃，不久又成了懿贵妃。工于心计的慈禧，还有着很强的权力欲望，早在咸丰皇帝在世时就多次设法参与朝政。咸丰皇帝死后，她以幼帝生母身份成为太后，随即准备谋取最高统治权。不过，慈禧太后知道光凭自己是无论如何也斗不过肃顺等人的，于是她首先借助具有很高威望的正宫太后慈安，然后联合留守在京城的恭亲王奕䜣。虽然慈安太后一向不喜欢同侍一个丈夫的慈禧太后，但她对专权跋扈的顾命八大臣也早就心怀不满，所以经过一番利益权衡之后，她很快就成为慈禧太后夺权的最得力支持者。按理来说，两宫太后虽然地位很高，却无权参知政事，她们想要加入权力的角逐中是十分不易的。但是，首先她们控制着年仅六岁的皇帝载淳，其次咸丰皇帝在临终时赋予顾命八大臣使用颁布谕旨的玉玺——"同道堂"印这一权力的同时，还因为害怕自己爱新觉罗家族政权旁落，特别给慈安太后留下一把"尚方宝剑"——"御赏"印章，即发布谕旨时必须加盖这两方御印才算有效。所有这些，都成为两宫太后参与朝廷最高权力角逐的重要砝码。

起初，顾命八大臣与两宫太后发生摩擦时，在北京的恭亲王并没有正面加入，他只是在暗中积极地做着准备工作。后来，随着斗争的逐渐激烈，慈禧太后就立即想到了也与顾命八大臣势不两立的那位恭亲王小叔子。于是，传说由慈禧太后派心腹太监安德海乔装打扮回到京城，以恭亲王奕訢到承德避暑山庄拜谒咸丰皇帝灵柩为名，准备共同协商如何发动政变，并保证取得这场斗争的绝对胜利。其实，为防止恭亲王来到承德参与权力角逐，顾命八大臣曾以皇帝遗嘱形式，命令奕訢留在北京主持各项事务，不许他赶赴承德。但是，弟弟拜谒兄长灵

"同道堂"印

同道堂是紫禁城西六宫之一咸福宫的后殿。英法联军进攻北京前夕，咸丰皇帝曾在此殿决定赴避暑山庄。咸丰帝去世，慈禧太后6岁的独子载淳嗣位，临终前咸丰任命载垣等八大臣辅政。咸丰帝使用对辅政大臣牵制之策，即把他的"同道堂""御赏"玺，分别赐予载淳及皇太后钮祜禄氏，以二玺代替朱笔。辅政大臣所拟上谕，必须加盖这两方印章才能奏效。

载垣

爱新觉罗·载垣（1816—1861年），怡贤亲王胤祥五世孙，世袭和硕怡亲王爵位，为铁帽子王之一。咸丰皇帝驾崩后为顾命八大臣之一，祺祥政变后被赐自尽。

枢是人之常伦，等到恭亲王昼夜赶到承德时，顾命八大臣也只能无可奈何了。

不过，精明的顾命八大臣依然严密阻止恭亲王与他那两位寡嫂相见，但最终慈禧太后不仅设计与小叔子奕䜣见了面，还在那短短一个小时的会面中完成了发动政变的一切密谋。那就是恭亲王立即返回北京做好政变准备，两宫太后急促地安排咸丰皇帝的灵柩起运北京，待一回到京城就立即采取行动，以叛逆罪绞杀那顾命八大臣。

被蒙在鼓里的顾命八大臣，依然飞扬跋扈，耀武扬威，在护送咸丰皇帝灵柩回京路程中还曾对两宫太后表现出不敬的行为。处处示弱的两宫太后，不仅忍气吞声，还时时对顾命八大臣"外示优礼"，这就更加麻痹了他们原本不够谨慎而又骄狂的心。同时，为了策应两宫太后的行动，恭亲王奕䜣回到北京后，立即在满汉大臣之间勾结串联，从而掀起反对顾命八大臣"赞襄政务"的浪潮，一致要求由两宫太后"垂帘听政"。

营造有利的政治舆论之后，恭亲王奕䜣又笼络了守卫京城的卫戍部队，为发动政变做好必要的军事准备。不过，面对手握全国兵权和政权的顾命八大臣，两宫太后并没有立即采取行动，而是要了一个花招，就轻而易举地剥夺了他们赖以跋扈的兵权。回到北京后，两宫太后以同治皇帝的名义，下令对顾命八大臣加官晋爵，以表示对他们的信任和重用。而当顾命八大臣接到新的任命，向两宫太后和小皇帝表示感谢，并想以假意推辞讨得赞赏和夸奖时，没想到两宫太后不仅立即允准他们的假意推辞，还一并解除了他们许多权力。顿时傻眼了的顾命八大臣，这时才知道两宫太后和恭亲王的阴谋与手段。但是，此刻顾命八大臣想反击为时已晚。于是，已经毫无顾忌的两宫太后下令解除载垣、肃顺和端华的所有职务，其余五人也立即退出军机处，由恭亲王奕䜣重新组阁，并尊奉两宫太后"垂帘听政"。取得政变胜利的两宫太后，对顾命八大臣并不手

端华

爱新觉罗·端华（1807—1861年），郑献亲王济尔哈朗七世孙，为铁帽子王之一。咸丰皇帝驾崩后为顾命八大臣之一，祺祥政变后被赐死。

软，下令将载垣、端华赐死，将肃顺进行斩首，其余五人也先后遭到革职和发配等处罚。因为这一年是辛酉年，所以就把这次宫廷政变称为"辛酉政变"。

清王朝进入两宫太后"垂帘听政"后，并没能改变那已经腐朽了的封建时代，相反还腐朽得更加不可收拾。

◎ 百年劫难伤心事

承德避暑山庄和外八庙的败落，应该始于1861年慈禧太后等人发起的那场"北京政变"。此后，野心勃勃的慈禧太后虽然成为清政府的实际主宰者，但她毕竟没有爱新觉罗氏祖先当年开创"康乾盛世"的魄力，而是完全被西方资本主义列强玩弄于股掌之间。同时，国内太平天国运动和捻军起义浪潮的波澜壮阔，使清朝统治者不仅没有什么好心情到避暑山庄去避暑休闲，更没有情趣和能力去保持山庄昔日的经典和辉煌。于是，当年十月同治皇帝就发布谕旨说：

谕内阁：热河避暑山庄停止巡幸已四十余年，所有殿亭各工，日久未修，多就倾圮，上年我皇考大行皇帝举行秋狝，驻跸山庄，不得已于各处紧要工程稍加葺治。现在梓宫已恭奉回京，朕奉两宫太后亦已旋跸，所有热河一切未竟工程，著即停止！

其实，放弃对承德避暑山庄的修缮和维护，并不表示以慈禧太后为首的清朝统治者就放弃了奢靡享受的生活方式，他们只不过把享受地点改在距离京城更近的颐和园。而随着慈禧太后享受地点的转移，也使中国最大的皇家园林——承德避暑山庄从此陷入了百年劫难之中。

且不说因为清政府停止对山庄修缮的投资,使避暑山庄任凭风雨剥蚀,遭受严重的自然损毁,单是后来人为毁坏程度的触目惊心,就已让人痛心疾首了。辛亥革命成功后,袁世凯窃取胜利果实当上了临时大总统。1912年12月,袁世凯调遣熊希龄担任热河都统,而熊竟大慷国家之慨,将山庄里的珍贵文物视为己有,随意地赠送他人。例如,他将当年乾隆皇帝十分钟爱的折扇就送给后来的热河都统姜桂题。此外,熊希龄还派亲信人员杨显以清点山庄宝物为名,将山庄里的诸多珍宝运往北京,存放在故宫的古物陈列所里。而后来,随着日军侵华战争形势的严重恶化,故宫博物院里的文物便踏上万里流徙之途,并发生了后来轰动全国的"故宫盗宝案",使文物受到了不小的

慈禧太后像

慈禧太后(1835—1908年),叶赫那拉氏,咸丰皇帝的妃嫔,同治皇帝的生母。晚清时期重要政治人物,前后掌政权48年,是同治、光绪两朝的实际统治者。

损毁，其中就有当年熊希龄存放的承德避暑山庄文物。

1913年7月，袁世凯以熊希龄盗卖避暑山庄文物为由，将他调离承德，此后还处处以此来挟制他。熊希龄被迫离开承德后，袁世凯把自己的亲信、毅军统领姜桂题调任热河都统。而这个新任的热河都统姜桂题，毁坏起避暑山庄来比熊希龄简直是有过之而无不及。民国三年（1914年）六月，姜桂题走马上任伊始，就将自己的办公地——热河都统公署设在了避暑山庄内。同时，他还把大批的军队驻扎在避暑山庄。为了修建营房，姜桂题下令手下军士拆毁山庄里许多建筑，就连山庄外的溥仁寺、溥善寺和安远庙等庙宇也惨遭毁坏。除此之外，姜桂题还盗卖了避暑山庄及周围寺庙里的一大批珍贵文物。

有关史料记载的主要有：溥善寺七间殿里的银质喇嘛塔，那是用1000两白银制成的，外面还镶嵌有珠宝、珊瑚和孔雀石等；普乐寺宗印殿里的全部供器和法器、安远庙里的佛像等共100余件；殊像寺会乘殿楠木佛龛内的金、玉、翠质的佛像，乾隆皇帝使用过的金碗筷、瓷盘，以及文殊菩萨塑像身上的108颗珍珠等，共计200余件。另

熊希龄

熊希龄（1870—1937年），湖南凤凰人。民国时期政治家、教育家、实业家和慈善家。曾任北洋政府财政总长、热河都统和第四任国务总理。

外，姜桂题后来就连溥仁寺与安远庙之间那广阔的自然林带也没有放过，分别于1915年和1917年两次砍伐盗卖了。

姜桂题于1922年死去后，承德先后又经历几任都统，但他们对避暑山庄及周围寺庙也都进行了不同程度的毁坏。其中，继任不久的奉系军阀汲金纯，在因第一次"直奉战争"失败仓皇而逃时，就席卷了山庄及周围寺庙里的大批文物。而当他带领溃军逃到辽西地界时，又遭遇直系军队的劫杀，使其所盗携文物失落殆尽。不过，仅从后来在民间出现的文物中，就不难得知当年他到底盗走避暑山庄里多少珍贵的历史文物了。例如，后来在民间发现的避暑山庄文物有：明代大画家文徵明的手卷、康熙和乾隆等皇帝的御笔对联、清宫廷画师的大量书画、乾隆时吏部尚书裘曰修恭题的《木兰秋狝图》，以及镏金佛像和宫廷里皇家使用过的铜熏香炉等。

汲氏败落后，直系军阀的北线总指挥王怀庆被委任为热河都统。虽然迷信的王怀庆因为害怕承德的棒槌山（即磬棰峰），担心棒槌打磬（庆）而未到承德赴任，但他那军纪败坏的部队却对避

姜桂题

姜桂题（1843—1922年），安徽亳州人，北洋政府高级将领、陆军上将，曾任热河都统。

暑山庄及周围寺庙进行了严重的摧残和毁坏，至今在许多古建筑和奇石花木上还残留有他们劫掠的痕迹。

毁坏承德避暑山庄最严重的，当数奉军升任热河都统的第十一师师长汤玉麟。1928年7月19日，汤玉麟取得张学良的同意后，以热河保安司令的名义通电易帜，也就是奉五色旗为国民党政府的国旗。不过，虽然在形式上热河属于国民党政府，但真正独霸承德一方天下的还是汤玉麟。贪婪、好色、爱马成癖的汤玉麟在统治承德期间，不仅他自己想方设法地去盘剥百姓，就连汤佐荣（省禁烟局长）和汤佐辅（省财政厅长）他的这两个儿子对当地百姓也是敲骨吸髓，疯狂地攫取避暑山庄及周围寺庙里的珍贵文物。因此，承德人民称汤玉麟为"汤大虎"，他的两个儿子为"汤（家）二虎"。同时，当地还流传有关于汤家父子敛财的一句歇后语，叫作"汤都统敛财如韩信用兵——多多益善"。

据有关史料的不完全统计，汤玉麟统治承德期间共拆毁避暑山庄及周围寺庙的回廊99间、佛殿160间、僧房235间、普宁寺妙严室、

王怀庆

王怀庆（1875—1953年），直隶（现河北省）宁晋县人，北洋军阀，曾任蓟榆镇守使、北京步军统领、热河都统等。

普佑寺大方广殿山门、普陀宗乘之庙的三座白台，并砍伐古松、老榆、巨槐2800多株。而汤玉麟除了贩卖被砍伐的木料换钱中饱私囊外，还将一些古建装修的材料运往奉天（今沈阳），用于装修他的"汤公馆"去了。更加荒谬的是，汤玉麟竟然将避暑山庄"烟雨楼"上乾隆皇帝御题的雕龙金漆匾额，偷偷运往奉天并高高地悬挂在自家开设饭馆的门楣上。

当然，最让人不能容忍的是汤氏大肆盗卖避暑山庄及周围寺庙里的文物。史料记载，汤氏劫掠盗卖的文物有：溥仁寺楠木塔2座（各高4.7米）、嵌金铜珐琅塔2座（高3米）、铜制及木质八宝供器2份（计有30多件）；溥善寺内镀金银塔1座（高2.67米）、镀金铜释迦牟尼佛1尊（高0.67米）；普乐寺镏金塔、楠木塔4座，琉璃塔镀金顶8个；普乐寺金丝藏毯1块（长16.7米、宽10米）、古铜香炉4只、金刺绣佛挂像10轴、乾隆御笔刺绣对联1副、藏泥贴金小佛7000余尊；普佑寺法轮殿内原存新疆伊犁固尔扎庙的铜释迦牟尼佛1尊（高1米）、楠木雕佛龛1尊、白玉佛座1个、经楼存经书全部；普陀宗乘之庙"万法归一"殿内的金丝织无量寿佛巨幅挂画1幅（长10米、宽3米）、千佛阁镀金铜佛900多尊（每尊高0.23米）、缂丝缎绣佛挂像1轴（高10米、宽3.3米）、大铜钟1口、铜十八罗汉全部（每尊高1米）、镀金珐琅塔1座（高2米）；须弥福寿之庙内樟木经箱12个、缎子刺绣对联5副（长4米、宽1.3米）、金瓦滴水84块；殊像寺内装饰有99颗珍珠的文殊菩萨经1部、镀金铜佛720尊（每尊高0.27米）、铜五供1套（每件高0.3米）、绢地丝边画释迦牟尼佛像10轴（每轴长4.3米、宽1.67米）、镀金铜释迦牟尼佛1尊（高0.2米）。罗列如此细琐的目录，只想让人们记住汤玉麟父子对承德避暑山庄犯有怎样的罪孽。

搜刮人民钱财、盗卖避暑山庄文物疯狂无比的汤玉麟，一旦打起仗来却如丧家之犬一样。1933年3月，汤玉麟驻守承德的3万余人面对日军进攻，一触即溃，拱手把自己经营多年的承德让给了日本人。从此，避暑山庄及周围寺庙又成了日本人摧残和掠夺的对象。

汤玉麟

  汤玉麟（1871—1949年），辽宁义县人，曾任热河都统、东北政务委员会委员、热河省主席等职。

  侵占承德避暑山庄的日军，是关东军的第8师团，他们先是以第16旅团三宅忠强骑兵第8联队占领避暑山庄的德汇门，然后为了供奉他们崇尚的天照大神，竟然以放火烧毁山庄的"卷阿胜境"殿堂来举行他们的入城仪式。随后，日军司令部便设在避暑山庄的东宫，在德汇门外设立岗哨、修筑碉堡，并将山庄内的长湖和半月湖填平，当作他们的射击靶场，使昔日皇家禁苑变成侵略者指挥剿杀承德抗日军民、维系殖民统治的军事机关驻地。

  当然，向来就对古老中国文物万分垂涎的日本侵略者，自然不会放过存放在避暑山庄里的珍贵文物。于是，他们派遣伪"满日文化协会"的文化特务三枝朝四郎和黑田源次两人以考察承德文物为名，在避暑山庄里建起一座占地约800平方米的"热河宝物馆"。高思文先生在《承德避暑山庄被难记》一文中记述说，该馆曾收展有14类1万余件珍贵文物。这些文物，从黑田源次于1941年编著的《热河避暑山庄宝物馆尊经阁》一书记载中，可以窥知一个概况：

  十四类文物分别为：御笔匾额楹联，共19件

（副）；御笔碑刻手迹、山庄图诗和方志，至少8件（部）；乾隆时期文华殿铜版画及铜模板，共8种116幅，外加16块铜模板；西周青铜礼器，共10件；宫廷用品若干件；热河文庙祭祀礼器、乐器数千件；宫廷演戏器物数千件；铜质佛造像若干尊；佛塔若干座；佛龛数百件；佛教密宗供法器物数千件；佛经，至少6部；避暑山庄图志、文献、热河风物著述若干种；陈设档案、行政档案文书若干件。

在这些珍贵文物中，属于国家级的就有多种。然而，在1945年8月承德第一次解放前夕，日本侵略者除了在"热河宝物馆"里残留有12件清代乾隆年间的瓷器和部分辽代碎陶外，几乎全部被他们裹挟而去，至今绝大多数已下落不明。

在日本侵略者大肆毁坏、盗取避暑山庄文物期间，曾发生过一件有趣的传闻。据说，当年日本人蓄谋要搬走位于避暑山庄门外一对铜狮时，由于铜狮埋在地下的根基太深，日本人费了九牛二虎之力，那铜狮竟岿然不动。于是，恼羞成怒的日本人就打算用炸药炸毁铜狮的台基。那天，天空中乌云翻滚，狂风骤起，就在日本人准备炸药、挖掘药眼时，避暑山庄一个守门的中国人乘机把预先准备好的猪血涂抹在铜狮的眼睛和嘴巴上。在电闪雷鸣中，一个日本兵突然见到铜狮眼中血红，大张着怒口，就像是要吃了他们似的，吓得当即昏倒在地，其余的人也个个呆若木鸡，都以为是铜狮显灵，便再也不敢炸掘铜狮了。当然，这则传闻的可信度有多大姑且不论，毕竟那对威猛的铜狮得以幸存。

1945年8月，日军无条件投降后，承德避暑山庄重新回到中国人的怀抱。但是，国民党发动的内战再次让这座皇家宫苑蒙上了一层阴影，因为驻扎在山庄里的国民党嫡系13军石觉部，不仅没有妥善保护好避暑山庄，反而对山庄里残留的文物进行大肆"扫荡"，将许多珍贵文物劫掠焚毁殆尽。例

日军进入德汇门

承德避暑山庄东宫是清帝举行庆贺燕飨大典之所。前面宫墙上另辟大门，称德汇门，为重台城门，形制与丽正门相仿。1933年3月4日，日军进入德汇门，占领避暑山庄。

如，藏在宝物馆里日本人没来得及运走的1000余件玉屏风、字画、楹联、匾额等艺术价值极高的文物，被石觉的军队抢掠一空；保存在藏经楼里4种120余部的西藏贡品藏经，也被焚毁无余；热河文庙和山庄绥成殿里的金钟、玉磬等器物全部遭到劫掠，而文庙和绥成殿变成石觉部队的弹药库和该部榴弹炮营的驻地。而当国民党政府岌岌可危之时，盘踞在承德的13军也感到了风声鹤唳，慌忙修筑碉堡、构筑防御工事。于是，他们拆毁避暑山庄及周围寺庙许多宫殿，构筑了450多个所谓的"子母碉堡"，还在山庄内挖掘纵横交错的战壕。如今，细心的游人在避暑山庄北部仍可见到当年他们挖掘战壕的残迹。

1948年11月12日下午，国民党13军仓皇逃窜，中国人民解放军彻底解放承德。不过，解放后经过多年整修后的避暑山庄虽然在很大程度上已经焕发了一定的光彩，但在管理上还是较为混乱的。例如，在20世纪50年代初，承德军分区就进驻避暑山庄的万树园，占地有210亩之多，且在西南部还砌起红砖围墙，将万树园东北及永佑寺与平原区完全隔绝开来。同一时期，北京军区一家野战医院也进驻避暑山庄，在万树园西南还修建了门诊楼、住院楼和大礼堂。到了20世纪60年代，承德地、市级领导干部的家属院也占据了正宫的西部地区。

民国时期的万树园全景

民国时期的避暑山庄万树园，已是一片荒凉景象。

"文革"那个特殊年代,承德避暑山庄及附属寺庙也遭到很大破坏,许多文物被毁坏,包括佛像、经卷、建筑等。

面对避暑山庄及周围寺庙遭受如此摧残和蹂躏,仅用伤心恐怕实在不足以形容人们心中的气愤和悲哀。

20世纪70年代的避暑山庄

当时的避暑山庄,未能得到很好的保护和合理的利用。

无法数点的精致

作为中国现存最大的皇家宫苑，避暑山庄可以分为宫殿区和苑景区两大部分，而苑景区又有湖塞区、平原区和山峦区之分。在这几个景区里，不仅囊括了中国南秀北雄几乎所有的地理形貌，其园林总体设计也称得上"中国古典园林之最高范例"。对于这样一处经典的皇家园林，其中精致的单体建筑景观可以说是数不胜数，单是清康乾两代皇帝亲自题写景名的就有72处之多，在此要想一一介绍给读者，实在不是这些文字所能完成的。既然如此，下面只好按照园林当初划分的不同景区进行分别描述，不过瘾的地方就只好请读者待有机会亲自前往游览了。

◎ 避喧听政宫殿区

宫殿区在避暑山庄的最南部，位于丽正门内，约占山庄总面积的5%。这里是帝王及其后妃生活起居的场所，还是处理朝政、举行庆典、接见各族领袖和外国使节的地方，有"帝王京外之家"之称。避暑山庄的宫殿，有别于北京紫禁城那红墙黄瓦、雕梁画栋的金碧辉煌，它基本上是灰瓦青砖，梁柱也基本上是木质本色，完全一派朴素淡雅的风格。但是，从丽正门至岫云门的正宫，仍然保持着九重院落的皇家宫殿形制，以表示"天子身居九重"的尊严。

避暑山庄的整个宫殿区有正宫、松鹤斋、万壑松风和东宫四组建筑。处于中轴线上的正宫，又以万岁照房为界分为前朝和后寝两部分。前朝，当然是皇

帝处理军机政务的办公区；而后寝，就是皇帝和后妃们日常起居的生活区。九重正宫的主要建筑有丽正门、内午门、澹泊敬诚殿、四知书屋、烟波致爽殿和云山胜地楼等建筑。

丽正门

丽正门是进入避暑山庄的第一道正门，匾额上的三个字由乾隆皇帝亲笔题写，由东往西为满、藏、汉、维吾尔和蒙古五种文字，这表示清王朝是一个统一的多民族国家。"丽正"二字，取自《易

丽正门

丽正门是避暑山庄的正门，也是正宫的正门，建于清乾隆十九年（1754年），是个重台城门，有三个长方形拱门入口，重台上建有城阙三间。布局规格严整，风格质朴秀丽。

经》中的"日月丽乎天"的诗句,"丽"表示光明,"正"则指南方,"丽正门"表示这是一座明亮的面南大门,有皇恩浩荡、普照天下之意,也有国家昌盛、民族团结之寓意。

其实,环绕避暑山庄四周达10千米长的宫墙上,除丽正门之外还有8座门。它们是根据尊卑贵贱和不同用途来区分的:如有供皇帝去寺庙拈香的西北门,有宴请王公大臣观戏的德汇门,有喇嘛出入诵经的流杯亭门,有供外国使节进入的惠迪吉门,有方便捷径的碧峰门,有运粮的仓门和供牛羊牲畜进入的铁门及城关门等,可以说是泾渭分明,等级森严。

内午门

自丽正门进入正宫,就是内午门,因皇帝经常在门楼上观看射箭演武,所以又叫阅射门。高高门楣上悬挂的,是康熙当年题写的"避暑山庄"四字金匾。因为那是康熙亲题,所以王公大臣们自然是颂扬备至,但是有位外国使节却对它发表了不同的议论。1780年,就在乾隆皇帝70寿诞那年,前来庆贺皇帝"万寿节"的朝鲜使者柳得恭,把他的承德之行写成了《滦阳录》和《滦阳续录》两本书。在书中,他对避暑山庄匾额议论说:康熙皇帝修建避暑山庄是为了巩固边疆四邑,对少数民族实行怀柔笼络政策,这明明是皇家施展权术的地方,可偏偏称作"避暑山庄",让人看不出丝毫政治痕迹,似乎是进入闲情逸致的环境,可见康熙皇帝"用心之良苦"。

澹泊敬诚殿

澹泊敬诚殿是避暑山庄的正宫主殿,面阔七间,进深五间,因用楠木建造而成,所以又称楠木殿。主殿建在大理石砌筑的台基上,殿中高悬"澹泊敬

澹泊敬诚殿

  澹泊敬诚殿是避暑山庄正殿，面阔七间，单檐卷棚歇山顶。殿内悬康熙御笔"澹泊敬诚"匾额。建筑用料木质精良质硬，专门用来举行重大节日庆典活动。

诚"匾，匾上四字是康熙亲题。记得三国时诸葛亮在《诫子书》中说："夫君子之行，静以修身，俭以养德。非淡泊无以明志，非宁静无以致远。"康熙就是取此意以约束自己。澹泊敬诚主殿两侧是东西配殿，又各有乐亭一座，以备庆典演奏之用。它是清代举行重大礼仪庆典、百官朝觐，以及皇帝接见少数民族首领和外国使节的隆重场所。

  在京城，皇帝将紫禁城太和殿作为庆典、朝觐、接见的中心。在避暑山庄，这些活动的中心就是这座澹泊敬诚殿。不过，两殿相比，风格气氛却截然不同，澹泊敬诚殿外古松翁郁，环境宁静、肃穆，楠木散发出阵阵清香，使人精神爽健。进入殿内，迎面是用紫檀雕刻的宝座围屏，上面图案反映的自然是百姓丰衣足食、国泰民安的"耕织图"。宝座周围，安放着宫扇、角端、香亭和熏炉等摆设。大殿的北墙壁，有排列整齐的楠木书格，据说《古今图书集成》等典籍当年就存放其中。而大殿东西两侧，除了紫檀几案上陈放着西洋钟和中国瓷器外，还摆放着康熙最引以为豪和骄傲的全国地图《皇舆全览图》。之所以在殿内陈放《古今图书集成》和《皇舆全览图》，似乎是象征康熙那非凡的"文治武功"。

四知书屋

从澹泊敬诚殿出来，穿过一段游廊，便来到一处恬静的院落，四知书屋就掩映在院落那苍劲的古松之中。"四知"，取自《周易·系辞》"君子知微知彰，知柔知刚，万夫之望"一句。"四知书屋"的匾额，是乾隆皇帝70岁时亲自题写的，匾额正中那方"五福五代堂古稀天子宝"的玺印就是明证。乾隆皇帝之所以题写这四个字，似乎是表明他身为帝王要使自己的江山千秋稳固，就必须学会软、硬、明、暗的治国之道。确实，乾隆皇帝执政的那60年是中国历史上的一个辉煌阶段。

四知书屋为五间殿堂，中间一间为过道，西面两间为皇帝召对臣工的场所，过道东间则是皇帝单独召见重要民族和宗教首领的地方。据文献记载，只有从伏尔加河回归祖国的土尔扈特首领渥巴锡、西藏政教首领六世班禅额尔德尼和喀尔喀蒙古（外蒙古）宗教首领哲布尊丹巴大活佛等几人，获得了乾隆皇帝在四知书屋接见的殊荣。由此可见，四知书屋在避暑山庄所有建筑中的不凡地位。

四知书屋

四知书屋在澹泊敬诚殿后，康熙皇帝曾题名"依清旷"，乾隆皇帝又增题"四知书屋"。

烟波致爽殿

烟波致爽殿是清帝在避暑山庄时的寝宫。因为这里"四围秀岭，十里澄湖，致有爽气"，因而康熙题名为"烟波致爽"，并列于其亲题三十六景之首。殿前的庭院，绿草如茵，古松似盖，山石散置，花木随意，富有清新、幽美和自然的情趣。

殿内设有东西暖阁。东暖阁是皇帝和后妃们闲坐聊天的地方，迎门有一块"戒急用忍"匾牌，这是康熙引用佛经中的一句话，题写规劝儿子雍正皇帝涵养德行用的。1860年，咸丰皇帝在避暑山庄避难时又重新题写这四字用以自勉。西暖阁是皇帝寝宫，康熙、乾隆、嘉庆、咸丰等几位皇帝都曾在这里住过。阁内设有南北两炕，北炕是皇帝睡觉用的，南炕上摆放有文房四宝，是皇帝批阅奏章的地方。当年，咸丰皇帝就是在西暖阁南炕几上批准了丧权辱国的《中英北京条约》，将九龙司地方一区割让给英国。

皇帝寝宫的东西两侧，有半封闭式复廊与前殿衔接，且各有一个小角门通向东、西跨院，也就是东、西两宫皇后的居室。1861年，咸丰皇帝驾崩后，他的弟弟恭亲王奕䜣和西太后慈禧发动辛酉政变就是在这里策划密谋的。如今，虽然西跨院里陈设的文物是当年慈禧太后使用过的生活用品，但来此旅游观光的人们丝毫感觉不出肃杀之气，有的只是轻松和悠闲的滋味。

烟波致爽殿

烟波致爽殿是清朝皇帝在承德避暑山庄时的寝宫。外表淡雅，而殿内陈设富丽堂皇，各代金、银、玉、瓷、钟表、古玩、挂屏等达1000余件，琳琅满目。正中设有宝座，上悬康熙皇帝亲题"烟波致爽"四字。

云山胜地楼

云山胜地楼在烟波致爽殿后,其匾额为康熙皇帝御笔。面阔五间,不设楼梯,以假山为上下磴道。

云山胜地楼

云山胜地楼是位于烟波致爽殿后面的一座玲珑别致的两层小楼,也是九重正宫的最后一重。站在楼上的后厦,人们纵目远眺,可以将远处的磬锤峰、普乐寺和南山积雪等景观尽收眼底;而俯瞰湖塞区,则楼阁亭榭和烟水林木也一一呈现在面前。转过此楼,步出正宫的后门岫云门,就是胜景荟萃的苑景区了。

面阔五间、上下两层的云山胜地楼,上面的莲花室里供奉着《华严经》和玉佛,而楼下小戏台则是皇帝和后妃们平日里观看"花唱"(也称彩唱)的地方。这座别致的小楼,是以假山代替楼梯,其构筑之巧妙，可以说是别有韵味。

松鹤斋

松鹤斋位于避暑山庄正宫东侧，是当年乾隆皇帝仿正宫形制为其母亲修建的。之所以题额为"松鹤斋"，就是取意为松鹤益寿延年的意思。据说，当年庭院松树之间确有仙鹤在飞舞嬉戏，呈现出一幅松鹤同春的美妙画卷。这一组建筑，主要包括五楹门殿、松鹤斋（后来改名为含辉堂）、绥成殿（后来改名为继德堂）、十七间房、乐寿堂（后来改名为悦性居）和畅远楼等。

绥成殿，是供奉清王朝历代皇帝神位的地方；而乐寿堂则是孝圣宪皇太后居住的寝宫；畅远楼的形制和云山胜地楼相同，楼上则是观赏湖塞区风景的最佳地点。绕楼穿过垂花门，便到了万壑松风殿。

万壑松风殿

万壑松风殿是宫殿区与湖塞区的过渡建筑，形制与颐和园的谐趣园相似。整组建筑用半封闭的回廊环抱，不设主轴线，各殿堂参差错落。主殿万壑松风殿坐南朝北，是山庄内唯一打破坐北朝南体制的正殿。因为这里峡谷风来，松涛阵阵，故康熙将其命名为"万壑松风"。

万壑松风殿踞冈临湖，隐现在松林绿荫之中，它布局灵活，错落有致，除主殿外还有门殿、静佳室、鉴始斋、蓬阆咸映、颐和书屋和临湖垂钓的晴碧亭等建筑。据说，当年康熙经常在万壑松风批阅奏章或接见官吏。当然，备受祖父恩宠的年幼弘历，在万壑松风殿南面也有一个叫鉴始斋的书房，那是康熙便于早晚教诲孙子而专门建造的。等到乾隆皇帝继位后，将主殿改名为"纪恩堂"，用来纪念祖父对他的恩宠。

万壑松风图

清戴天瑞指画，故宫博物院藏。戴天瑞为康熙年间画家，此指画设色厚重，线条刚劲。

建于乾隆十九年（1754年）的东宫，前面连接德汇门，后面则是湖塞区的水心榭，主要建筑有清音阁和卷阿胜境等。

清音阁

避暑山庄的清音阁与北京故宫的畅音阁、圆明园的清音阁、颐和园的德和园并称清廷四大戏楼。

它们的格局基本相同，都分为上、中、下三层戏台，每当正戏开场之前，按照规矩要先演一场三层同唱的戏，上层代表"福"、中层代表"禄"、下层代表"寿"。试想，三层戏台的所有演员同唱一支曲，那将是一种怎样的热闹场面。避暑山庄清音阁的三层戏台，被乾隆皇帝分别题额为"清音阁""云山韶濩""响叶钧天"。在清音阁看戏，实际上是皇帝宴请宾客、联络感情的一种重要方式。

清音阁凯宴将士

此图是清代绘制《平定台湾战图》册之《清音阁凯宴将士》，描绘乾隆皇帝在避暑山庄的清音阁款待平定台湾民变有功的福康安、海兰察等将领，君臣一道观吉祥戏的庆贺场景。

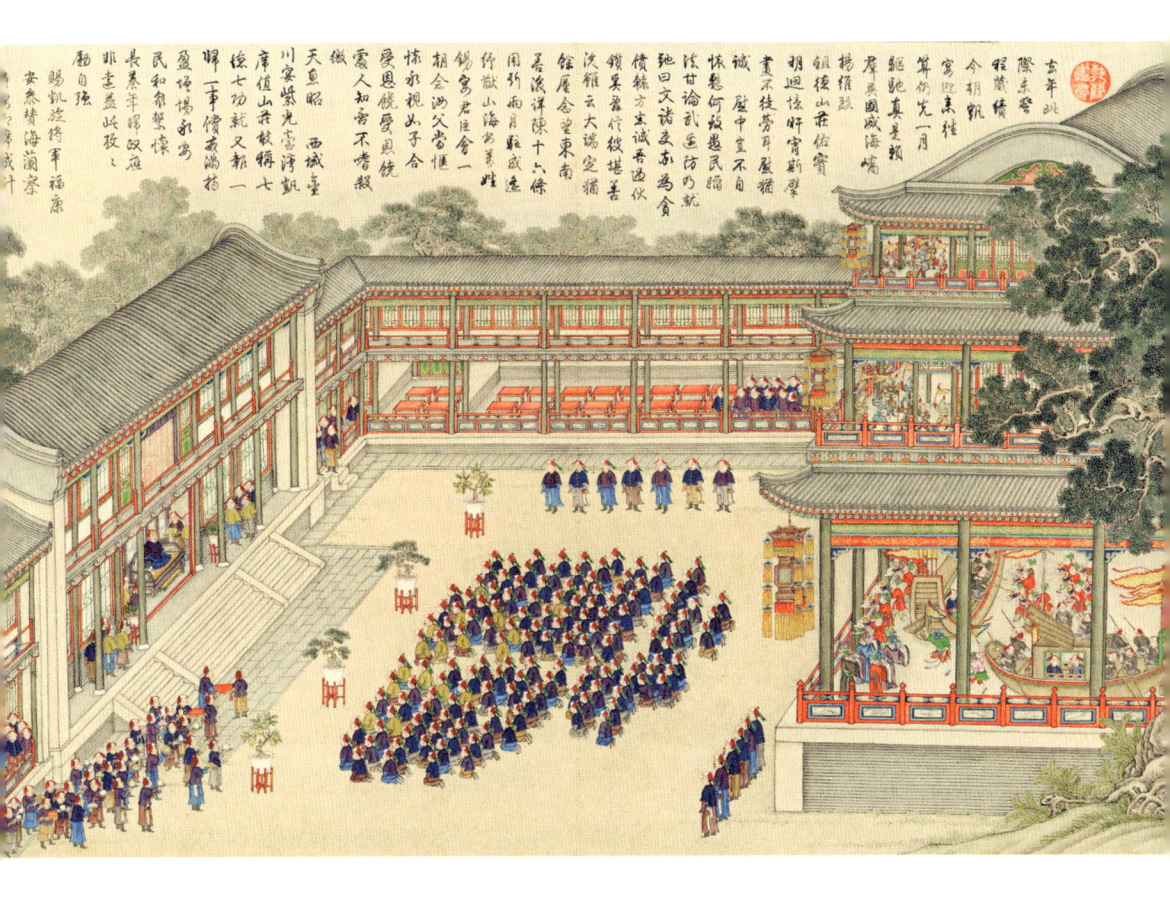

卷阿胜境殿

在清音阁之北，是入湖塞区进行游览的另一个起始点。卷阿胜境，典出于姬周。相传，周朝初年成王年龄幼小，周公忠心辅佐朝政。一次，成王在群臣陪同下到岐山游玩，这时从曲折的山坳里吹来徐徐清风。于是，周公随即作了一首《卷阿赋》呈现给成王，他把曲折山坳里的清风比喻为君臣同心的和谐之风，以告诫成王要选贤任能、君臣同心才能国富民强。乾隆皇帝修建卷阿胜境殿，也寓意自己能够任用贤臣而使君臣同心，即自比开明圣贤之君的意思。

◎ 湖塞风光赛江南

位于宫殿区北面的湖塞区，原先是一片天然的湖泊沼泽地，后经人工开挖而成今天的样子，因其地处长城塞外，故又名塞湖。辽阔的塞湖湖面被如意洲、月色江声和青莲岛等洲岛分割成澄湖、西湖、如意湖、上湖、下湖、镜湖、银湖、半月湖大小不等的8个水面，其间由长堤、桥梁连接，形成了湖岸曲折、洲岛错落、小桥流水、曲径通幽的美妙意境。特别是不加人工垒砌的湖岸，自然伸曲，柳树成荫，楼阁亭榭散布其间，真可谓风光旖旎、胜景如云。而湖区的亭、榭、阁、楼借水创景，或临湖倚岸，或深入水际，或高踞坡顶，或掩映丛中，与江南风光简直没有什么区别，难怪它有"赛似江南又胜似江南"的美誉。

从宫殿区进入湖塞区，有东、中、西三条路线。

东路，由卷阿胜境往北走过一座小桥，就来到湖塞区的第一个重要景观——水心榭；在水心榭的东面，原有仿造苏州狮子林的园林叫"文园"，可惜毁于民国时战火之中；由水心榭向北，要经过一座名为"汇万总春"的庙宇，

然后来到戒得堂，直至金山之上。金山是一个湖中小岛，其修建形式系仿造江苏镇江的金山，属于叠石为山。不过，倒也显得巉岩怪石、陡峭险峻。山顶的上帝阁，也叫金山亭，是湖塞区的制高点；往下就是天宇咸畅和镜水云岑两组建筑了；由金山再往北行，则要经过芳洲和萍香泮才能到达热河泉。热河泉，因为泉水是从山石的缝隙中流出，具有一定的温度，故有此名，它经澄湖、如意湖、上湖、下湖和银湖而流入武烈河。据说，冬季里泉水热气腾腾，呈云蒸霞蔚之状，而夏季则清澈晶莹，十分凉爽宜人，因泉水中含有各种矿物质，还有强身治病之功效。

避暑山庄湖区一景

避暑山庄苑景区又分湖泊区、平原区和山岳区。湖泊区位于山庄东南，有大小湖泊八处，即西湖、澄湖、如意湖、上湖、下湖、银湖、镜湖及半月湖，统称为塞湖。

水心榭

水心榭是湖塞区东路第一景，它原是山庄的出水闸门。康熙年间，因为在闸上建有三座榭桥，中间为长方形，而两端则为方形，遂命名为"水心榭"。水榭的下面有闸八孔，又称八孔闸，它起到控制湖区水位的作用。位于下湖和银湖之间的水心榭，因为两湖水位高低不等，形成一定的落差，所以水流昼夜不息，瀑布有声。盛夏时节，在水心榭小憩，享受那凉风习习与荷风送香的美妙，使人顿忘三伏而精神倍爽。

水心榭

水心榭意为建在水中高台上的房屋。榭下有水闸八孔，俗称八孔闸，榭四周碧波荡漾，风景如画。

文园

文园与水心榭隔湖相望，是模拟苏州狮子林修建的，它于1778年建成。位于镜湖之中的文园，假山如祥云般环列其间，假山之间高低错落地修建有纳景堂、占峰亭、清淑斋、小香幢、探真书屋、延景楼、画舫、云林石室和横碧轩等16个景点，且都以小桥和蹬道相衔接，真算得上园中之园了。

汇万总春之庙

汇万总春之庙又称花神庙，庙宇的正殿是五楹开间，门额题有"汇万总春之庙"的匾额，殿内供奉12尊花神，分别掌管着一年12个月的花开花谢。正殿的东西两侧有配殿，东北角则是一个小院，院内北有书屋三楹，名为"华敷坞"；东有二层小楼，名为"峻秀楼"。每年固定时节，热河总管和花丞都要来此祭祀花神，不知花神是否接受了他们的祭拜？

戒得堂

孔子在《论语·季氏》中有言：

君子有三戒，少之时，血气未定，戒之在色；及其壮也，血气方刚，戒之在斗；及其老也，血气既衰，戒之在得。

康熙在晚年时，让人根据孔子"三戒"的意思刻了一枚闲章，就叫"戒之在得"。1780年夏天，乾隆皇帝驻跸山庄，想起皇祖在避暑山庄经常使用"戒之在得"的印章，便叫人修建了戒得堂这一组建筑，以示纪念并自警。记得乾

《避暑山庄全图》中的戒得堂

戒得堂位于避暑山庄东湖区镜湖西畔的小岛上，是乾隆皇帝为庆祝七十岁生日、纪念康熙皇帝而修建，可惜现在仅剩遗址。

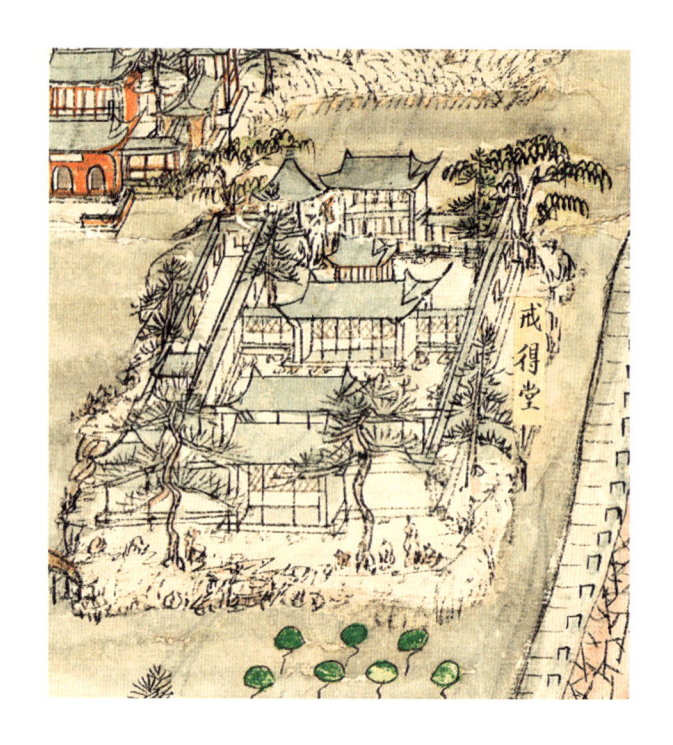

隆皇帝还曾写了《戒得堂记》和《戒得堂后记》，专门记述修建戒得堂的缘起和"戒得"的含义。戒得堂这组建筑，布局严谨，四面环水，荷香水清，假山环立，绿树成荫，环境十分宁静，确实是戒得养性的好地方。

金山

金山坐落在假山林立的岛屿之上，它以江苏镇江的金山寺为原型，金山寺面临长江，近邻天下第一泉的中泠泉；而避暑山庄的金山，东有武烈河，近邻热河泉，二者环境相似，神韵相通。只不过，镇江金山寺的慈寿塔是七层，而避暑山庄金山的上帝阁只有三层。金山的上帝阁供奉着道家的神位，最上一层则供有玉皇大帝，题额为"天高听卑"；中层供奉真武帝君，题额是"元武威灵"；最下层则是经书和祭祀器物，题额为"皇穹永佑"。整个金山依山傍水，楼阁参差，游廊蜿蜒高下，而上帝阁是湖塞的登高处，登阁四顾，俯临碧水，鱼游浅底，仰望群山，郁郁葱葱。

香远益清殿

香远益清殿坐落在金山以北澄湖岸边。此殿的题名，是康熙取自宋代周敦颐《爱莲说》的佳句："予独爱莲之出淤泥而不染，濯清涟而不妖……香远益清，亭亭净植……"所以，他赞赏这里的景观是"出水涟漪，香远益清，不染偏奇"。他的孙子乾隆皇帝也赞曰："俯弄清漪，平临锦绣，

金山远景

金山岛位于如意洲以东澄湖中，岛上有康熙三十六景第十八景"天宇咸畅"和第三十二景"镜水云岑"两组建筑。

净植含奇。"在这座殿堂的后面，还有三楹开间的"紫浮"殿，殿西有依绿斋，斋之东南的水中有一座方亭，叫曲水荷香，乾隆时改名为含澄景。亭内排列山石，形成九曲小渠，热河泉水顺渠流入，伴以荷花落瓣沿渠流动。因为此景有王羲之作《兰亭序》中"曲水流觞"之意境，所以康乾两代帝王也曾效仿古人，与大臣们在此饮酒赋诗。

热河泉

热河泉是避暑山庄里湖水的主要源头，清澈泉水像源源不断的珍珠涌出水面。深秋季节，当寒气降临时，热河泉的水温高于周围气温，致使热河泉

热河泉

热河泉位于湖区东北隅，是山庄湖泊的主要水源。清澈的泉水从地下涌出，流经澄湖、如意湖、上湖、下湖，自银湖南部的五孔闸流出，沿长堤汇入武烈河

周围水汽蒸腾，显露出热河本色，是避暑山庄的佳景之一。

从湖塞区的中路进行游览，可以将这一景区的精华景观尽收眼底。从万壑松风顺级而下，有一长堤名叫芝径云堤，漫步在这条长堤之上，满目苍翠碧绿，湖光潋滟，移步换景，荷香阵阵，彩莲朵朵，胜趣天成，大有西湖那"苏堤春晓"的风韵。其中，数如意洲上的景观最多，也最美，如延薰山馆、水芳岩秀、一片云、沧浪屿等12个景点，各有千秋，又都让人流连忘返。

芝径云堤

芝径云堤是湖塞区中连接采菱渡、月色江声和如意洲三个岛屿的漫漫长堤，据《热河志》中记载"由万壑松风北行，长堤蜿蜒，径分三洲，若芝英、云朵、如意。堤左右为湖，中架木桥，南北树宝坊，湖波镜影，胜趣天成"，因而得名"芝径云堤"。还据说，此堤是模仿杭州西湖的苏堤而建，由此可见其景致的美妙绝伦。

采菱渡

采菱渡四面环水，似碧波拥抱，因此得名。岛上有相邻的两座院落，东为澄光室，西院门额上镌刻有康熙亲题的"环碧"二字。因为这里是随侍皇帝出塞的年幼皇子们读书的地方，故又俗称"阿哥所"。岛的北岸有一草亭，不施任何彩绘，形如斗笠，极近乡情，故名"采菱渡"，这是皇帝后妃泛舟戏水和采菱休息的地方。康熙年间，皇帝驻跸山庄的每年农历七月十五，都要在此举行盂兰盆会。盂兰盆会，是梵汉译音，意思是"救倒悬"，也称"鬼节"。相传，释迦牟尼弟子目连僧，其母死亡应受地狱之苦，目连僧求佛救度。佛说可于七月十五做道场，备百味食，供养十万僧众，以解其母倒悬之

芝径云堤

　　芝径云堤建于清康熙四十二年（1703年），仿效杭州西湖的苏堤构筑，夹水为堤，逶迤曲折。

采菱渡

　　避暑山庄环碧岛北侧有一座圆形草亭，像斗笠一样，乾隆皇帝题名为"采菱渡"，意思是采菱的渡口，是乾隆三十六景中第十三景。

苦。而清代帝王在山庄举办盂兰盆会，原因就无从知晓了。

月色江声

月色江声是一个四进的四合院，自南而北依次是康熙亲笔题写的"月色江声""静寄山房""莹心堂""湖山罨画"。在这几进院落中，不仅堆砌有假山，还种植着苍翠的松树，环境十分清静而幽雅。当年，康乾两代帝王都曾在这里消暑读书，同时也享受着月色江声的美景。

从环碧北行，过桥就到了如意洲，这里原是宫殿区，后来正宫落成它便成了苑景区的重要景

月色江声

月色江声建于清康熙四十二年（1703年），临湖三间门殿，康熙皇帝题额为"月色江声"。

无暑清凉

无暑清凉是一组三进庭院的主体建筑。无暑清凉殿是如意洲的门殿，南阔五间，"广厦洞辟，不施屏蔽"，四面皆水，景色秀美，夏日凉爽清幽。

区，康乾两代帝王亲题的72景中有12景就建在这里，可见它是中路景区的一个高潮地带。在这个小岛的建筑群中，中轴有无暑清凉、延薰山馆和水芳岩秀，东边是金莲映日，西为一片云，东北有沧浪屿，岛屿四周还散落着西岭晨霞、云帆月舫、澄波叠翠、清晖亭、法林寺和观莲所等景观。

无暑清凉殿

无暑清凉殿是如意洲的门殿，因门前红莲满湖，绿树荫堤，景色俊美，夏日里凉爽清幽，故康熙才题此名。

延薰山馆

　　延薰山馆是过门殿的一处朴素典雅、不事雕绘的殿堂，这里也是清朝皇帝在湖区接见蒙古王公贵族的别殿，馆的后面是"山月满庭，水色映壁"的乐寿堂。这组建筑的原名为水芳岩秀，乾隆时为了祈祷皇太后长寿，才改名乐寿堂。

水芳岩秀

　　水芳岩秀是如意洲的后殿。大殿正中挂有康熙题写的"奉三无私"匾额，两边的楹联是"自有山

水芳岩秀

　　水芳岩秀为如意洲后殿。面阔七间，前出厦五间，后出厦三间。

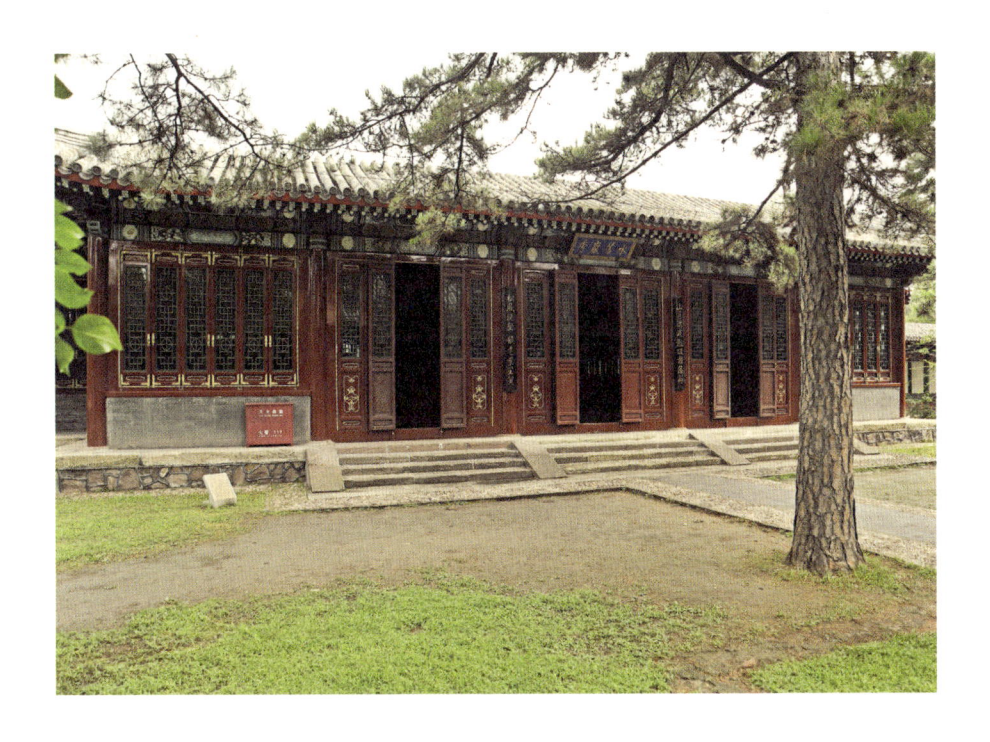

川开北极，天然风景胜西湖"。这里曾经还是康熙早年居住和读书的地方。

金莲映日

金莲映日是一个四合院的建筑，有正殿五间，南北两侧还各有配殿五间，因殿前种有旱金莲而得名。据文献记载，当时湖面和陆地上遍布金莲花，阳光照射时金光映目。

一片云

一片云由门殿、两层楼及戏台组成，它是清朝皇帝宴赏少数民族王公和文武官员看戏的地方。由于这座楼阁处于高敞之地，夏秋季节仰首望天，令人心旷神怡。

沧浪屿

沧浪屿位于如意洲乐寿堂的西北和水芳岩秀西侧的湖滨。"沧浪屿"源于《沧浪歌》：

沧浪之水清兮，可以濯我缨；沧浪之水浊兮，可以濯我足。

在这座玲珑剔透的园中园内，殿堂、水阁、清泉、假山与门座、小亭、曲廊巧妙地组合在一起，相互因借，不旷不抑，恰到好处，别有一番风味。

沧浪屿

沧浪屿北三间在水池之上，檐下悬康熙皇帝题额"沧浪屿"。

西岭晨霞

西岭晨霞是临湖的一座重层楼阁，主楼面阔五楹，一层有三楹的抱厦，其三副楹联分别为：莺留花下立，鹤引水边行；云卧天窥无不可，风清月白致多佳；窗外远山如黛色，槛边列树作涛声。

云帆月舫

云帆月舫位于西岭晨霞的南面，因为这一楼阁就像是船的模样，且临湖而建，故有此名。此楼上为船楼，下面则是舱室，居住其中就像驾舟航行，

别有一番情趣。惜已无存。

观莲所

观莲所在如意洲的南端，是一座亭式水殿，近水傍堤，面阔和进深都是三间，四面开窗，窗外水上莲叶田田，是赏荷的佳境，所以题名为观莲所。

观莲所

观莲所是一座南向临湖建筑，面阔三间，为帝后观赏莲花的场所

烟雨楼

  与如意洲隔湖相望的小岛，被康熙命名为青莲岛，由乾隆皇帝题名的烟雨楼就在其上，它的主体建筑是五楹的两层小楼，是避暑山庄观景的好地方，特别在雨雾时节更是别有情趣。当细雨蒙蒙之时，水天一色，山庄所有的景观变得虚幻缥缈，恰似一幅浓淡相宜的山水画。这个时候，乾隆皇帝一定会想起自己当年南巡嘉兴南湖鸳鸯岛的情景，因为这就是仿照鸳鸯岛上那五代十国吴越文陵王所建的烟雨楼。

  沿着如意洲西岸北行，就可观赏西路湖塞区的景致了。不过，西路旅游线由水流云在景点可

烟雨楼

  烟雨楼于乾隆四十五年（1780年）动工，翌年完成。二层中间悬乾隆皇帝御书"烟雨楼"匾额，为澄湖观景高点，凭栏远瞻，万树园、热河泉、永佑寺诸处历历在目。

以分为两条支线，一是东转到达萍香泮，一是北行直达文津阁。好在这一路景点并不是很多，混杂一起倒也没有大碍，具体如下所述。

芳园居

芳园居是一处方正密合滨水庭院。皇帝驻跸避暑山庄时，这里是"上用库"，存放有大量的御用瓷器、丝绸和珠宝等物。此外，它还有一个特殊的用途，就是开办宫廷买卖街。这与北京圆明园福海以东的同乐园和颐和园苏州街的功能一样，完全是为了调剂后妃们单调而空虚的生活所设，并不是民间百姓那种真正的买卖街。不过，有了这种买卖街，倒也可以使寂寞无聊的后妃们重温一下少年时代的美好生活，弥补她们内心的空虚。

芳渚临流

位于芳园居北面那座临湖的方亭，就是康熙题名的芳渚临流。建造在裸露石头上的这座方亭，却能绵延至水中，颇似江苏无锡太湖的鼋头渚，别有一番趣味。

临芳墅

临芳墅位于如意洲、长湖和内湖之间的小岛上。额名为临芳墅的五楹主殿，东西各有三楹配殿，四周也有围廊相环绕，特别是南面的船坞，那可是皇帝御用船——青雀舫停泊的专用码头。

临芳墅遗址

临芳墅的主要建筑都已在日据时期被毁

知鱼矶

知鱼矶在临芳墅的前面，西南临湖，与采菱渡遥遥相对。特别有趣的是，这里是鱼群聚居之地，那些鱼儿或潜于水底，或跃出水面，或成群嬉戏，或独处幽静，那种自然的情趣，常常吸引皇帝和后妃们来此观鱼或者垂钓。

远近泉声

从石矶观鱼出北门，沿着那条似乎天然的石路前行，渐渐就能听到水流的声音，那就是名为远近泉声的景点了。其实，远近泉声的声音是从北面的趵

突泉处传来的，那里泉水涌地而出，瀑布如银河倾泻，又似水晶帘子挂于山崖之上，微风斜卷，珠玑散空，真是让人心怡万分。

文津阁

文津阁始建于乾隆三十九年（1774年），是模仿浙江宁波明代藏书家范钦所造天一阁的形制建成的，它除了保持天一阁明面两层、实为三层的建筑形制外，楼前也有池塘和假山等布局。不过，文津阁的假山和池塘设计得别具匠心，园内劲松挺拔，

文津阁

文津阁为重檐前后廊卷棚硬山式建筑，是明二层暗三层式的砖木结构的楼阁。

池水清澈，池边垂柳数株，柳丝轻轻摇曳，不时拂起层层涟漪。特别是池南边的假山，真是千姿百态，峰峦叠嶂，而映入清澈池水中时又呈现出水天一色的美妙景象。

文津阁的东侧，有一座镌刻着乾隆皇帝御笔的《文津阁记》碑亭，碑上面记述的是编纂和储藏《四库全书》及修建文津阁的缘由。文津阁建成后，先贮藏的是《古今图书集成》，后来才贮有《四库全书》。《四库全书》是乾隆三十八年（1773年）开馆编纂的，历经10年时间才完成，它分为经、史、子、集四部，故称"四库"。全书共著录图书3457种，共99070卷，订为36300册，约有77493万字，超过了《永乐大典》和《古今图书集成》的规模，是中国最大的一部丛书，也是举世罕见的一部丛书。《四库全书》最初贮藏在北京紫禁城的文渊阁内，后又陆续缮写了3部，才分别贮藏于北京圆明园的文源阁、沈阳故宫的文溯阁和承德避暑山庄的文津阁里，这也就是所说的"内廷四阁"或"北四阁"。再后来，因江浙一带文人学士"自必群思博览"，又于乾隆五十二年（1787年）再缮写了3部，分别藏在扬州大观堂的文汇阁、镇江金山寺的文宗阁和杭州圣因寺的文澜阁，所以又有"江南三阁"即"南三阁"之称。

◎ 野趣横生在平原

平原区位于避暑山庄的北部，占地60.7万平方米，分为西部草原和东部林地两个部分。西部草原，以试马埭为主体，是皇帝举行赛马活动的场地；而东部林地又称为万树园，是避暑山庄内重要的政治活动中心之一。另外，这里还有永佑寺、春好轩、宿云檐等多组建筑，特别是大片草地绿草如茵，成群麋鹿在其间悠闲觅食，而野兔和山鸡也不时地出没于草地和丛林之中，真是游人体味乡野情趣的一个好去处。

弘历观马技图

清郎世宁绘，故宫博物院藏。描绘的是乾隆皇帝、随行的文武大臣和杜尔伯特部的上层人物，一同在避暑山庄观看八旗军的马术表演。

试马埭

在平原区的西部，之所以取名试马埭，是因为皇帝在赴木兰围场狩猎前，都要对各地敬献的马匹进行测试，筛选出的优胜者才能供皇家使用。当然，众多马匹皇帝一个人是用不完的，有时也作为礼物赏赐给王公和那些在狩猎中表现优秀的人。

万树园

万树园北倚山麓，南临澄湖，地势平坦而开

阔，绿茵如毯的草地上麋鹿成群，山鸡、野兔时常出没，真有一种野趣天成的味道。不过，野趣横生的万树园可是皇家一处重要的政治活动中心，康熙、乾隆和嘉庆三位皇帝曾在这里多次会见或宴请少数民族的王公贵族及政教首领，也曾在此赐宴给东南亚及欧洲许多国家的使节。

春好轩

万树园东面临近宫墙的一处院落，就是春好轩。乾隆皇帝题额的这组建筑，前檐下悬有"花际霞峰"匾额，北有名为巢翠的小亭，而整个庭院内

春好轩

春好轩为皇帝欣赏三春好景的地方。坐北向南，门殿三楹，内为四合院；正殿面阔五间，进深三间，殿额为乾隆皇帝御题"花际霞峰"。

则树木葱绿，繁花似锦，即便是夏秋时节，这里也保留有三春好景，难怪清朝几代帝王都对春好轩青睐有加。

嘉树轩

在春好轩的北面，有百年老树数十亩，郁郁葱葱的古树林中有三楹轩堂，现已无存。据《左传·昭公二年》记载：韩宣子请季武子时赞美嘉树，季武子作诗《甘棠》，颂扬周召公巡行治国，勤政爱民，夜宿甘棠树下，召公之恩德如甘棠大树参天挺立，支撑社稷，荫及黎民。所以，乾隆皇帝为了感念祖父康熙对自己养育教诲之恩，就兴建了嘉树轩，以怀念自己沐浴在祖父恩泽之中的往事。

乐成阁

乐成阁是位于嘉树轩北侧的五楹重楼，一层题额为开襟霄汉，二层题额为乐成阁。现已被毁。据文献记载，这里是祭祀农事的地方，夏至和秋分由皇帝亲自祭祀；而冬至与春分则由热河的总管代为祭祀。不过，无论何人祭祀，每到金秋时分皇帝总要登阁东望，当看到武烈河两岸庄稼一片金黄，农夫、儿童和老者穿行于垄亩之间，皇帝就会喜形于色。所以，乾隆皇帝曾写诗：

近远山田一望弥，秋游恒值乐成时。
璇题宝篆垂明训，稼穑艰难尚可知。

暖流暄波

此为在原址复建的暖流暄波,原建筑已毁,其背后即避暑山庄宫墙,下方即水口

暖流暄波

乐成阁西北依宫墙而建的水闸,就是暖流暄波。从这里,武烈河水由宫墙外流入避暑山庄,喷薄直下的河水如玉液飞溅,热水蒸腾,水流经过半月湖慢慢减缓后,又绕过山麓注入澄湖。

澄观斋

澄观斋是暖流暄波之北的一处幽静庭院,康熙年间皇十六子受命主持编纂《数理精蕴》,这是一部关于清代重要科学技术成就的书,它颁行全国后对当时和后世都有着十分深远的影响。后来,乾隆皇帝有感于祖父康熙那精通数理的学问,就在前檐上题写了"澄观斋"的匾额。

千尺雪

据说，当年乾隆皇帝南巡时，因喜爱苏州寒山千尺雪那飞流直下、动静皆优的景色，而命画师绘图取景带回北京，后来又分别在京师西苑的圆明园、蓟县盘山的静寄山庄和承德避暑山庄同时仿建，并都取名为千尺雪。其实，那只是因为溪水穿越假山造成水沫飞溅，就像卷起千堆白雪的景象而已。

永佑寺

永佑寺舍利塔

永佑寺宫殿建筑在民国时期被毁，仅剩舍利塔。

永佑寺兴建于乾隆十六年（1751年），是平原区内最大的一组建筑，也是避暑山庄里规模最大的寺庙建筑。在这座寺庙的中轴线上，依次排列着山

门、牌坊、舍利塔及御容楼等，整个布局十分严谨。舍利塔是乾隆皇帝为报其母恩仿效南京大报恩寺塔和杭州六合塔而建造的，塔身为九层八角形，通高达67米，塔身内部八面墙壁上有石雕像和密宗的彩色壁画，而塔顶则是镏金铜铸，重约400公斤。

◎ 南秀北雄集山峦

约占避暑山庄总面积四分之三的山峦区，主要由四条沟谷组成，由南往北依次为榛子峪、松林峪、梨树峪和松云峡。也有人说成是三条沟谷，而把松林峪归为榛子峪的分支，这只是踏勘角度不同，并不妨碍它将南秀北雄集于一体的景致。确实，这里山势挺拔峻峭，林木葱郁，曲径幽谷，就像是一道天然屏障，阻止了冬季寒冷西北风的侵袭，还有效地调节了避暑山庄里面的小气候。

在这视野广阔的山峦坡地上，依山就势建有许多亭轩楼阁，如南山积雪、山近轩、梨花伴月、碧静堂、绿云楼、四面云山、秀起堂、绮望楼、锤峰落照和北枕双峰等。此外，这里还建有许多佛寺和道观，如珠源寺、鹫云寺、碧峰寺、水月庵、广元宫、斗姥阁等。不过，这些建筑大多遭到破坏，现今仍存的只有南山积雪、锤峰落照和四面云山等几处，实在让人感到可惜。然而，为了叙述和人们旅游的方便，现将山峦区按照榛子峪、松林峪、梨树峪和松云峡的格局顺序逐一介绍给大家。

松鹤清樾

进入榛子峪，首先映入眼帘的是一座依山临溪的庭院，五楹门殿的匾额上是康熙亲题的"松鹤清樾"几个大字，这是一处前后由长廊相通的两进殿

松鹤清樾

松鹤象征着吉祥、长寿，康熙时期这里是皇太后避暑居住的地方。乾隆时期改为乾隆皇帝的书房。

堂，后面的主殿叫静余轩，当年乾隆皇帝曾在此读书吟诗。当然，这处庭院原是乾隆皇帝为母亲祝寿时建造的，内里曾经遍植香草，缀崖的各色花木招引来了许多仙鹤，这种景象就似蓬莱、瀛洲再现一般。不过，旧日的良辰美景如今已经无处可寻了。

风泉清听

风泉清听位于松鹤清樾以西的两座峰峦之间。这里有清泉自西向东流淌，溪水绕石而过，就像是有人在抚琴一样，发出悦耳的鸣响，再加上那天然的鹤鸣松韵，真是一处颐养天年的好地方。建造在这里的一处庭院，门殿题为"风泉清听"，后面的五楹主殿则叫"秋澄斋"。试想，在这样的环境里修身养性岂有不延年益寿的。

绮望楼

在松鹤清樾南面的山冈上，倚城建有一处前后两套四合院式的院落，也许是视野开阔的缘故，康熙挥笔为前面的重楼题写了"坦坦荡荡"的匾额。在重楼的北面，还有一座面阔九楹的楼阁，乾隆皇

绮望楼

绮望楼为欣赏绮丽风景之楼，登临此楼可北眺秀丽山峦，东观湖光美景，南望万家灯火。

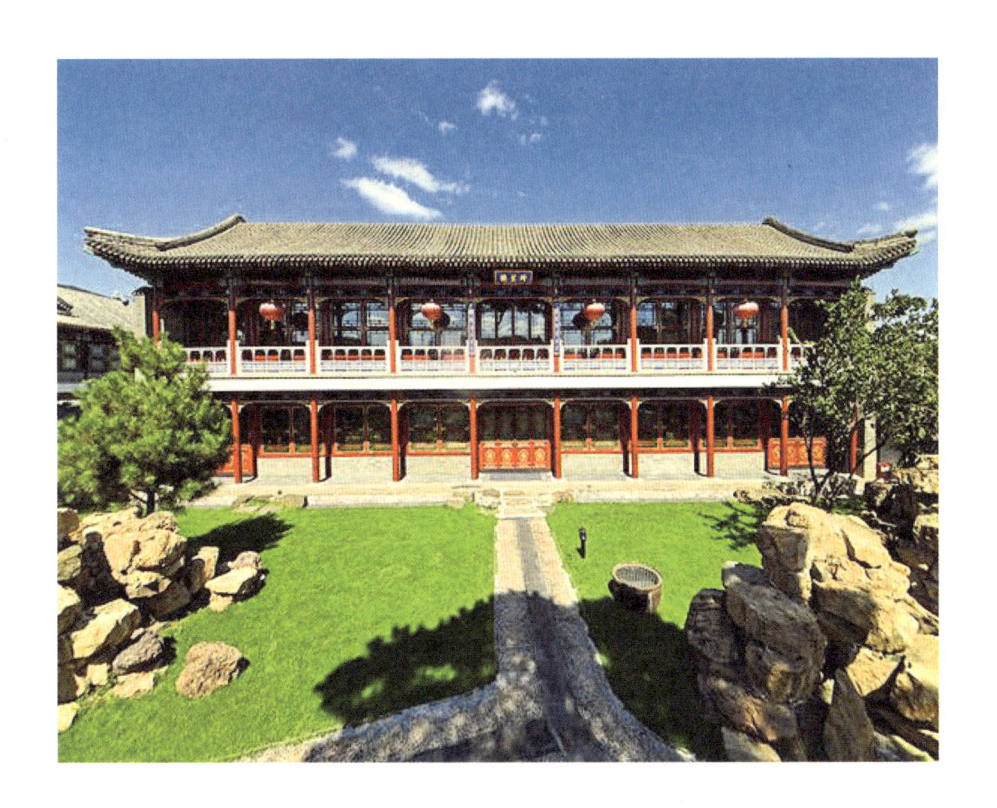

帝便题额为"绮望楼"。在这处庭院内，古松苍劲葱郁，假山迂回曲折，环境十分古朴而典雅。登上绮望楼向北远眺，只见眼前朝霞暮霭，气象万千，好一派美妙景致。

碧峰寺

由风泉清听沿街西行，有一座坐西朝东的寺庙，乾隆皇帝题额为"碧峰寺"。进入佛寺的山门，有天王殿和左右钟鼓楼两处建筑，天王殿后面的主殿题名为"法华宝殿"，殿内的匾额为"云鹫香台"，左右两配殿名字分别为"松风"和"水月"。穿过正殿，有一座上下两层的藏经楼，下层名为"宗乘阁"，上层名为"法轮最上"。不过，这座寺庙并没有僧徒，每天清晨卯时由当朝的官员撞钟报时，再加上珠源寺和永佑寺分别在每日的午时和申时撞钟，使避暑山庄内钟声悠扬，倒也成为一道独特的风景线。

古栎歌碑

由碧峰寺向西行走，有一座卧碑名叫"古栎歌碑"。碑上刻有八首诗，其中乾隆皇帝七首、嘉庆皇帝一首。这些诗文大多描写周围景致，也有抒发心中感怀的。

锤峰落照

位于松鹤清樾北面山坡上的一座敞亭，被康熙题额为"锤峰落照"。磬锤峰，位于避暑山庄东北约4千米处的山冈上，挺拔的山峰，凌空峭立，上粗下细，形状就像是倒置的洗衣棒槌，所以又名为棒槌山。传说，它是北海龙王

古栎歌碑

的定海神针，实际上是由于长期的风化作用使岩石崩塌而形成。后来，有专家经过实地测量得知，石棒槌高为38.29米，体积为6508.68立方米，总重量则达16205吨。据说，当年康熙之所以选择在此建造避暑山庄，就是因为看到了磬锤峰和万壑松的景致。难怪康熙后来有诗赞美说：

君不见磬锤峰，独峙山麓立其东。
又不见万壑松，偃盖重林造化同。

确实，登亭远眺，诸峰横列，唯有磬棰峰耸立于天地之间，而远处的武烈河就像一条银色玉带，飘落在大地上。每当夕阳西斜，红霞满天，群山尽

锤峰落照

锤峰落照是一座三开间卷棚歇山顶敞亭，与东面的磬锤峰遥遥相对，是欣赏避暑山庄全景的最佳处

染，宛如一幅浓墨重彩的山水长卷。而随着夕阳渐渐西沉，它又逐渐由红色变成紫色，使这一奇峰异石显得更加神秘而多彩。

有真意轩

顺着古栎歌碑西行，来到位于西峪山坳里的一组小园林，主殿就是乾隆皇帝题名的"有真意轩"。轩后有空翠书楼，轩右则是"小有佳处"，而楼后还有一名为"对画亭"的凉亭。这里，山径萦绕曲折，林峦高低有致，一草一木，尽显真趣和幽静之意味。

鹫云寺

鹫云寺是位于有真意轩以西的一座寺庙。正殿有三楹，内里供奉着西方三圣，即阿弥陀佛、观世音和大势至。主殿的后面是一座三层阁楼，名为"香界阁"，各层都有额名，下为"普门妙观"，中为"莲峰甘露"，上为"须弥春满"，完全是禅寺的感觉。

鹫云寺香界阁

此照片拍摄于1911年，此寺庙现已无存。

静含太古山房

鹫云寺的西侧有一处庭院,名叫"静含太古山房"。山房的西廊外有楼,名为"不遮山楼",南有亭,名为"趣亭",主殿后面也有一方亭子,名叫"清凉甘露"。听着这样的名称,不觉赞叹康乾两位皇帝的奇思妙想。

秀起堂

鹫云寺北面有一组别致的园林,它巧妙地利用了地形山势,这就是秀起堂。在这座庭院内,潺潺溪水,东西横流,跨涧有一小桥,将两侧的殿堂彼此相连,真是美妙极了。

珠源寺

由梨树峪南部进入松林峪,首先就是一座依山而建的寺庙,因为寺庙靠近瀑源,故名"珠源寺",是一座汉式风格的寺庙建筑。寺庙南山下,有一座跨溪的小石桥,桥的两端立有石牌坊,南面题有"恒河普渡"和"德水通津",北面则写着"彼岸同登"和"法流喻筏"。过石桥沿石砌小路前行,有东向的三楹山门,名为"定惠门",后面则有天王殿和钟鼓楼。天王殿后的宗镜阁,俗称铜殿,全部是用黄铜制作的,这也是珠源寺的主殿。建造于清乾隆二十六年(1761年)的宗镜阁,是仿照北京颐和园的宝云阁式样,为重昂重檐歇山顶,脊装宝塔和吻兽,总计用铜达207吨。日军侵华时被拆毁,运往兵工厂化为铜水,制成了用于杀害中国人的武器。

珠源寺宗镜阁

此照片拍摄于1934年日军占据避暑山庄之时。

绿云楼

珠源寺北侧，也是瀑源的发端之地，在这里有一处小型的宗教建筑，那就是绿云楼。绿云楼的名字，完全是因为其四周松树茂密而得来。楼旁有殿三楹，名为"木映花承"，而楼前也有殿三楹，则叫"水月精舍"。

观瀑亭

在远近泉声之后，有三座小亭子，分别叫瀑源亭、笠云亭和观瀑亭。位于山脚下的，名为"瀑源"，山腰的叫"观瀑"，山顶上形如斗笠的则是

"笠云"。这三座亭子是观赏瀑布的最佳地点,也是康乾两位皇帝常来的地方,特别是在雨中观瀑,只觉细雨如弦,瀑声如筝,交织成曲,确实和谐而优美。

食蔗居

自从进入松林峪,感觉就是峰回路转,趣味无穷,渐入佳境恰似咀嚼甘蔗一样甜美。因此,在松林峪的尽头就依山筑有一座庭院,直接取名为"食蔗居"。坐西北朝东南的这处庭院,三楹主殿的匾额为"食蔗居",左右有长廊

食蔗居遗址

相通，左殿名"小许庵"，右亭名"倚翠"，在主殿东北处还有一座小亭，名为"松岩亭"。试想，盛夏时节居于瀑源之上，食甘蔗于深谷清幽之间，那是一种怎样的美妙呢。

梨花伴月

进入梨树峪西行约500米处，有一座依山面南的庭院。它依岩架屋，拾级构殿，层阁参差，布局规整，上下有曲廊相连，不仅层次分明，还有一种节奏感。这里环境幽静，翠岭作屏，更有梨树满坡，每当春日夜晚，梨花万朵，芳香扑鼻，天上明月，当空朗照，故有"梨花伴月"之名。

澄泉绕石

在梨花伴月的对面，有一座三楹开间的敞亭，康熙题额为"澄泉绕石"。亭南面池，亭西有泉水从石缝中涌出，沿溪谷向东潺潺流淌，而溪流中筑有石堰，那是用来过滤泥沙的，因而进入池子里的水十分澄澈，清波可鉴。

创得斋

从梨花伴月西行到最深处，就能见到创得斋了。三楹斋堂高踞于山上，斋前有水门和涵洞，斋后三楹小屋名为"夕佳楼"，而斋的对面也有名为"枕必室"的两楹小室，室内题额是"一尘不染"，可见斋内打扫得十分干净。创得斋居于蔽日松荫之间，不仅溪水如寒玉浸润，虽酷暑时节也无暑气，而且常有麋鹿徘徊其间，似忘尘仙境一般。

四面云山

　　梨树峪与松林峪相接的山冈最高处，有康熙亲题的"四面云山"小亭一座。站在位于山巅上的四面云山亭，可见远处诸峰环列在避暑山庄四周，其势如群山拱揖，当天气晴朗时，百里岚光云影清晰可见，难怪有四面云山之称。

　　出文津阁沿长湖北行，行不远就进入松云峡了，它是山峦区最北端的峡谷。峡内古松夹道，遮天蔽日，两侧松涛阵阵，犹如海浪声声。大块条

四面云山

四面云山是避暑山庄的最高处，是康熙三十六景第九景。

石铺砌的御路，顺山延伸，一直通向西北大门。御路两旁溪水流淌，汩汩有声，沿路有近20组园林建筑散置其间，这也是园林建筑最为密集的一条峡谷。

林下戏题

进入松云峡200米处，御路南侧立有一通卧碑，名为"林下戏题"。碑身通高254厘米，额首刻有祥云飞鹤，碑趺是水波鱼龙，上有诗文七首，都作

林下戏题碑

于乾隆四十年（1775年）至嘉庆十年（1805年）之间。保存完好的林下戏题，是避暑山庄的重要文物，其诗文记载着清王朝由鼎盛走向衰落的过程，是今天人们研究清朝历史的珍贵文献资料。

水月庵

顺林下戏题西行，路北山坡处有一座山神庙，其南山坡的佛寺就是门额题有"水月庵"的道观了。庵前有一座石牌坊，坊额为"光涵上下"，坊柱左右联为：印不即离间是相非相，悟最澄明处内空外空。而坊的后额为"圆澈中边"，其左右联为：山静尘清水参如是观，天高云浮月喻本来心。望着主殿供奉着水月观音的水月庵，再诵读充满禅意的楹联，使人心中顿时有一种无为的感觉。

旃檀林

出水月庵后门西行，在松云峡南山坡临崖处建有一处大型寺庙园林，它就是旃檀林。此处地势高敞，古木参天，三楹主殿题额为"众香胜处"，殿内供有如来佛和十八罗汉，殿旁的"天籁书屋"是乾隆和嘉庆皇帝驻跸山庄写作读书的地方。掩映在松柏青枫之中的旃檀林，不仅蟠松苍翠，还有梅花鹿信步其间，给人一种佛教鹿苑圣迹的感觉。

含青斋

由松云峡南山自西而东，一小峡谷内建有三组建筑，最外处名为"含青斋"。这里架岩为屋，叠石成阶，深秋时节虽众木皆黄，唯独此处青绿依然，故名为"含青斋"。殿内的匾额为"清晖娱人"，其左有"挹秀书屋"，右边则

旃檀林遗址

现所有建筑都已不存。

是"松霞室"。这处风格别致的建筑，有一种特别的乡土气息。

碧静堂

在含青斋东南的沟谷中，有一座横贯三谷的山地园林，这就是"碧静堂"。走进深谷，穿过一座小石桥就是庭院之门，此门别具一格，是重檐八角亭，然后沿曲廊东南行走，有一处石砌的跨溪水台，台上建有三楹殿堂，名为"净练

溪楼"，沿廊转北行走就是三楹主殿的"碧静堂"了。碧静堂内假山垒砌，使真山和假山融为一体，整个庭院的建筑都巧妙地利用了天然地势，灵活地布局在山谷和溪流之间。置身其中，有一种超凡脱俗的感觉。

玉岑精舍

在含青斋西南的山谷里，有一处沟深谷陡且地势险要的圆形庭院，那就是"玉岑精舍"。主殿隔溪的山峰上，也建有一殿，因为有云朵经常徘徊其间，所以取名为"贮云檐"，由贮云檐沿石道自西向东行走，还有两座小亭子，一个叫"涌玉"，另一个叫"积翠"。而山脊之上的殿室，名字叫作"小沧浪"，别有一番情趣。

宜照斋

松云峡尽头是避暑山庄的西北门，门内东侧有一片开阔地，开阔地北部有一组坐北朝南的建筑，因为这里临风致爽、清照宜人，所以取名为"宜照斋"。清代，帝王后妃们往来外八庙拈香或临幸狮子园中途需要休息时，一般都会在此落脚，当然这里也是静观夕阳佳境的好地方。

敞晴斋

宜照斋东北行走，可见到建在广元宫山冈上的一处建筑，它前跨石桥，桥下溪水湍急，穿桥入院，就是敞晴斋的主殿了。敞晴斋地势高敞，内有奇石陈于庭院，苍绿古松枝繁叶茂，就像一把遮阳的青伞，荫护着庭院内外，即便酷暑时节，院内依然凉爽宜人。

宜照斋门殿

　　宜照斋建筑早年被毁，近年来清理出建筑基址，恢复了门殿、围墙和积嘉亭。

广元宫

由敞晴斋东面下山，过涧桥再沿石阶登山而上，就见到仿照泰山碧霞元君祠建造的广元宫。观内的育仁殿里，供奉着碧霞元君塑像，碧霞元君是中国古代传说中的女神，是后土的妻子，道教则称她为泰山东岳大帝的女儿。育仁殿还有东西配殿，东边叫"邀山室"，西面为"蕴奇斋"。整个道观掩映在苍松翠柏之中，显得格外庄严而肃穆。

山近轩

顺广元宫下东山坡，过一座三孔涧桥再登山，于半山腰处有一山地园林，那就是山近轩。整个建筑包括山门、正殿、清娱室、养粹堂、延山楼、古松书

屋等，这里四周峰峦叠翠，下临溪谷，环境幽静，视界开阔，既可坐观溪流，又可静憩读书，当然也能登高远眺，实在是一处绝佳景观之地。

斗姥阁

位于山近轩东北的斗姥阁，是一处小型道观，它也是仿泰山斗姥阁建造的。主殿名为"慈荫天枢"，东西配殿分别为"万籁清"和"蓬山飞秀"，主殿内供奉着王母娘娘、玉皇大帝和紫微大帝，香火旺盛。

北枕双峰

被康熙题额为"北枕双峰"的，是一处傲立于山巅之上的亭子。登亭北眺

广元宫

始建于清乾隆四十三年（1778年），是仿泰山碧霞元君祠所建，为以琉璃材质建造的道教宫观。

北枕双峰

北枕双峰始建于康熙四十二年（1703年），为三开间单檐攒尖顶方亭。亭前原有两块青色大石，上面刻着康熙皇帝《北枕双峰》诗和乾隆皇帝《北枕双峰恭和皇祖圣祖仁皇帝御制元韵》诗。

能见到西北那高耸的金山和东北的大黑山，这两座山峰对峙呼应，如同天门双阙，虽然与小亭子距离遥远，但用借景手法将二山尽收眼底，果真造就了"北枕双峰"的绝妙境界。

青枫绿屿

建于悬崖峭壁之上的青枫绿屿，从万树园望去果真似一座绿色岛屿。它的最南端有半圆形围篱，进入篱门迎面是三楹殿堂，匾额上写着"青枫绿屿"四个字。庭院内，夏季里青枫浓绿，秋高气爽时节则霜染枫叶，可与北京香山红叶相媲美。

南山积雪

从松云峡口登上北山，在顶峰处有一名叫南山积雪的亭子，这是一个双排柱方形四角攒尖式敞亭。登亭远望，可一览众峰，严冬天开雪霁，银装素裹，分外妖娆，称得上佳趣天成。

南山积雪

康熙皇帝以"南山积雪"为此景命名，意为站在小亭上，可遥望南山诸岭及其残存的积雪。

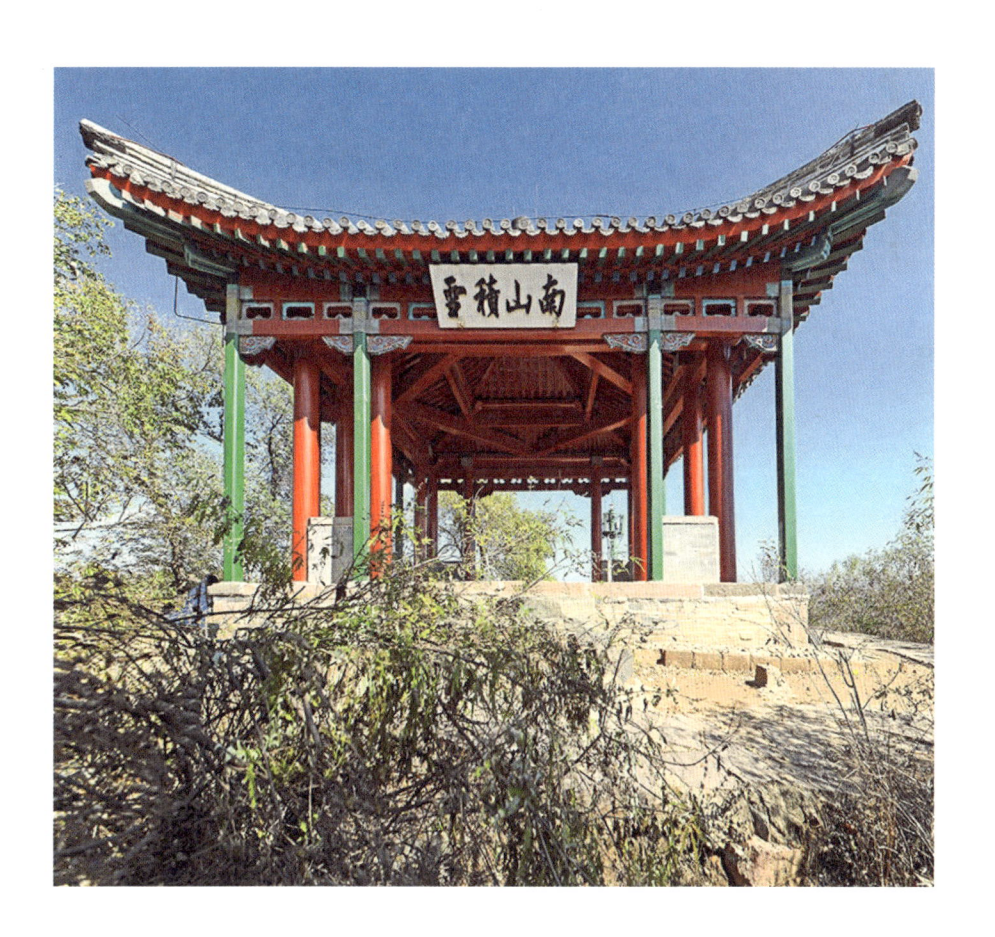

岂止外八庙

承德避暑山庄自康熙四十七年（1708年）驻跸使用后，皇帝每到木兰围场狩猎前后都要在此居住几个月。于是，大批蒙古和西藏等地的少数民族的首领及外国使节，便也要来到此地拜谒皇帝或参加庆典。为了使他们有举行宗教活动的场所，清廷开始在避暑山庄周围建造寺庙。自康熙五十年（1711年）开始到道光八年（1828年）为止，先后在承德和滦河一带建造寺庙达43座之多，由朝廷直接管理的就有36座。其中，避暑山庄内有16座，山庄西部有2座，山庄东部和北部有12座，其他的则分散在周边。在清代正史的文献

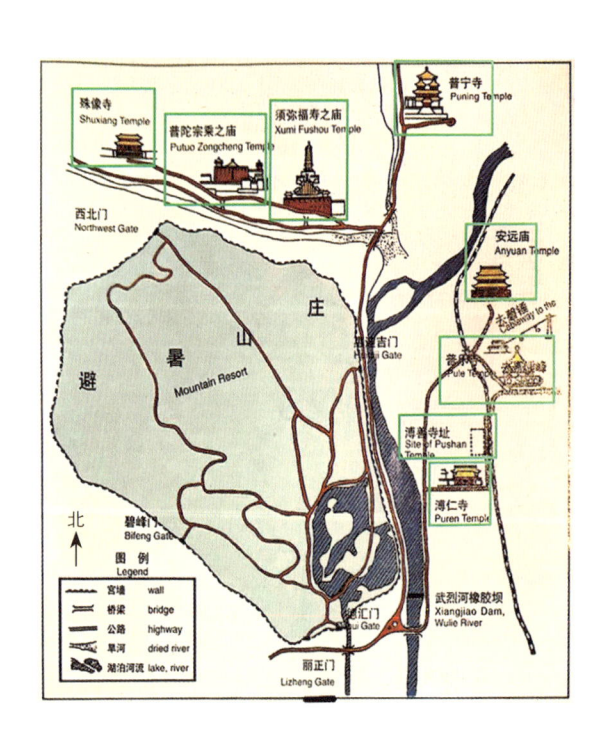

避暑山庄与外八庙平面示意图

中，位于避暑山庄东部和北部的12座寺庙，除了罗汉堂、广安寺和普乐寺之外，其他9座寺庙由清政府设有8个管理机构（普佑寺附属于普宁寺），由理藩院供给并派驻喇嘛管理。因为这些寺庙在京师之外，所以叫外庙，时间长了就俗称为外八庙。其实，溥善寺、普佑寺、广安寺、广缘寺和罗汉堂5座寺庙已经遭到毁坏，现今只留有溥仁寺、普乐寺、安远庙、普宁寺、须弥福寿之庙、普陀宗乘之庙和殊像寺7座寺庙。

如众星拱月之势分布的外八庙，在选址和建造上都非常讲究。首先，各寺庙依山就势，构筑巧妙，布局自然，庄严美观，气魄雄伟，形式多

溥仁寺山门

溥仁寺建于清康熙五十二年（1713年），坐北朝南，按标准的汉式伽蓝七堂规制建造，山门面阔三楹，进深两间，西侧设腰门，内立哼哈二将。

样。这些庙宇或建在平地，或建在高阜，或建在山坡，虽各有异趣，但都依山傍水，选择了向阳地段。特别是，它们都采用了中国造园艺术中借景的传统手法，极为巧妙地利用了四周的自然风景，造就了丰富多彩的美妙景观。同时，在修建的过程中还考虑到各寺庙之间的互相联络，都照顾到山庄景色的呼应要求，从而构成和谐壮美的景观。其中，除了最早修建的溥仁寺和溥善寺外，其余的都面向避暑山庄，象征着中华各民族心向中央、宇内一统的深刻寓意。另外，这些庙宇建筑还集中、融合和发展了中华各民族的建筑艺术，建筑造型丰富多彩，色彩使用鲜亮合理，颜色搭配完美精致，于对比中求得和谐统一，而且无论是藏式、汉式，还是汉藏合璧，其主要建筑都采用各色琉璃瓦或镏金铜瓦顶，显示出富丽堂皇的皇家气派。可以这样说，外八庙集中华各民族宗教建筑艺术之大成，也是中华民族团结的象征。1994年12月，外八庙与避暑山庄一同被列入《世界文化遗产名录》，成为全世界人民瞩目的一颗塞上明珠。

溥仁寺

溥仁寺建于康熙五十二年（1713年），是外八庙中第一座皇家寺庙。当时，正值康熙60岁寿辰，蒙古王公为了表示对皇帝的拥戴，就上书"奏请"修建寺庙以示祝贺和纪念。于是，在康熙的"恩准"下，便在武烈河东岸平坦之地建造了溥仁寺和溥善寺两座寺庙。如今，溥善寺早已荒废难寻，溥仁寺便成了仅存的一处康熙年间的庙宇，很是珍贵。

溥仁寺的建筑形制，是汉族庙宇伽蓝七堂的传统布局，共有四进院落，南北长250米，东西宽130米，由山门、天王殿、正殿和后殿四个部分组成。山门两侧是哼哈二将，天王殿里供奉有弥勒佛、韦驮和四大天王，正殿也就是慈云普荫殿内供着三世佛和其两大弟子的塑像，两侧山墙还有姿态各异的十八罗

岂止外八庙

汉，后殿即宝相长新殿内供有九尊无量寿佛。

溥善寺

溥善寺与溥仁寺的格局大致相同，坐落在溥仁寺东北。寺庙面南，同样采用汉式布局手法，沿中轴由山门、天王殿、大雄宝殿、后殿及两侧钟鼓楼和配殿等建筑组成。山门外有一广场，左右各立一嘛呢杆，门额上有石刻"溥善寺"的匾额。大雄宝殿内也供奉着三世佛和两个弟子，即迦叶、释迦牟尼和弥勒佛，以及在释迦牟尼两侧侍立着大迦叶和阿难陀。大雄宝殿的东配殿内，供奉有三尊密宗金

慈云普荫殿

慈云普荫殿位于第二进院落，是溥仁寺的正殿大雄宝殿，门额书"慈云普荫"，面阔七楹，进深五间，四周围廊，前后檐明次间设槅扇门，前檐稍间设槛窗，后檐稍间封实墙。檐下用重昂五踩斗拱，单檐歇山黄琉璃瓦顶。

刚像，在佛的两侧分别是观世音菩萨和大势至菩萨。在大雄宝殿的院中有一座铁质香炉，那是用来焚香跪拜的。

与溥仁寺不同的是，溥善寺正殿里原供奉着墨刻佛像20轴，像前三座宝塔内有佛经122部；东西配殿两侧的经龛内，各供奉有丹珠尔经225部和甘珠尔经126部；后殿北面那七间佛楼内，设有宝座、佛像及各种佛事陈设，这是喇嘛讲经之所。可惜的是，由于岁久年深，这座寺庙已经荡然无存了。

普宁寺

普宁寺因为寺庙中有一尊巨大的木雕佛像，故

普宁寺大雄宝殿

普宁寺以大雄宝殿为界，分为前后两部分，前半部是汉族寺庙传统的伽蓝七堂式布局，后半部是藏式形式，是仿西藏三摩耶庙的形式修建的曼陀罗。

岂止外八庙

又俗称大佛寺，建于乾隆二十年（1755年），是为了纪念平定准噶尔部达瓦齐叛乱而修建的。那年10月，乾隆皇帝为了庆祝胜利，就在避暑山庄设宴款待包括准噶尔、杜尔伯特、辉特和硕特四部的厄鲁特上层首领，并按照满族贵族封爵的等级，分别授以亲王、郡王、贝勒、贝子、公和台吉等爵位。同时，乾隆皇帝效仿康熙多伦淖尔庙（即汇宗寺）建造的先例，下令仿照西藏山南地区"三摩耶庙之式"在避暑山庄建造普宁寺，以示纪念。

普宁寺是世界少见的汉藏结合式寺庙，它的前半部是汉式伽蓝七堂法式，后半部又完全按照藏传佛教寺庙的样式建造，有象征着佛国世界的曼陀罗即坛城；高达36.75米的大乘之阁，象征佛国的须

普宁寺大乘之阁

大乘之阁是普宁寺的中心建筑，四角有四座不同颜色的喇嘛塔。大乘之阁通高36.75米，正面六层重檐。阁内置千手千眼观音菩萨立像，用松、榆、杉、椴等坚硬的防腐木材雕刻而成，重约110吨。

弥山，而周围台殿就是须弥山四面八方的四大部洲和八小部洲；四座形状各异的喇嘛塔，则象征着佛国的"四智"。藏传佛教的这种建筑形式和艺术，最早见于唐代吐蕃王朝，在西藏山南地区修建的桑耶寺就是西藏寺庙的祖寺。大乘之阁共有三层，上下贯通，阁内有高达22米的观音菩萨主像，是中国较大的木雕佛像之一。这尊大佛造型匀称，饰以金箔，纹饰细腻，绘色绚丽，生动地表现了观世音菩萨的表情和神采，堪称中国雕塑艺术的杰作。在第一、二层的东西面山墙的万佛龛中，每一个龛内都有一尊无量寿佛，共计10090尊。从整个佛殿的造像来看，小中见大，大中有小，气氛协调，相互呼应，不愧为珍贵的佛教艺术宝库。

普佑寺

普佑寺与普宁寺一墙之隔，是普宁寺的附属寺庙，建于乾隆二十五年（1760年），也是一座汉藏结合式的寺庙。

坐北朝南的普佑寺，山门北面有一座面阔七间的"大方广殿"，为乾隆皇帝亲题，殿内供奉着三尊藏密佛像，中间的是恶度金刚，东边的是大黑天，而西面的为第一主尊金刚。大方广殿两侧还有东西配殿，东配殿内供奉三尊密宗护法金刚，西配殿里供奉着观音、文殊和普贤三士。大方广殿的北面，有面阔三间的天王殿，它将整个寺庙分为前后两个院落。

后院中央有一座1米高的石雕须弥座，座上是方形的大经堂，由乾隆皇帝题额为"法轮殿"，这就是喇嘛礼佛、诵经和举行法会的地方。法轮殿的两侧，也有东西配殿，东配殿内供奉藏传佛教格鲁派（黄教）创始人宗喀巴像，西配殿内供奉宗喀巴的两大弟子——一世达赖根敦珠巴和一世班禅凯珠杰。在法轮殿的北面是一幢经楼，它与东西禅房连接成"凹"字形，使法轮殿形成了一个封闭式的院落。这里是藏传佛教中的"扎仓"，即经学院，主要提供曼仁巴、

泽仁巴和俄仁巴等学位课程的讲授。如曼仁巴学位，就相当于今天的医学博士；泽仁巴学位，相当于历算博士；俄仁巴学位，则相当于密学博士。所以，这里不仅是培养外八庙喇嘛的经学院，也是蒙古等各地喇嘛进修深造的高等学堂。

普乐寺

远望普乐寺，就像一个绚丽多姿的盆景，摆放在避暑山庄的东山冈上。那圆形的黄色琉璃瓦殿顶，在阳光照耀下发出金色光辉，与北京天坛祈年殿颇为相似。这座雄伟的建筑，就是喇嘛教徒修炼得道成佛的地方。

普佑寺山门

1964年普佑寺遭雷击起火，大部分建筑毁于火灾，现仅存山门及四座配殿。山门面阔五间，进深三间，单檐歇山黄琉璃绿剪边瓦顶，正中门楣上嵌有乾隆皇帝御题"普佑寺"石匾。

旭光阁

旭光阁为普乐寺的主体建筑，其外围为阇城，内中央圆形石须弥座上有中国现存最大的木质曼陀罗。

普乐寺由山门、天王殿、宗印殿和旭光阁等殿宇组成。宗印殿内供奉着三世佛和佛的弟子八大菩萨，这里的三世佛，在佛教中称为"三方世界"佛，也有叫"横三世佛"的，它与普宁寺大雄宝殿内的三世佛不同，因为那是佛教所说代表过去、现在、未来的三世之佛，也叫"竖三世佛"。旭光阁是须弥山的中心，其周围有琉璃喇嘛塔八座，四角为白色，而四面则分别是紫、黄、蓝和黑四种颜色。其实，八座喇嘛塔实际上是对应成佛的"五根色"，白色是信佛的根本，紫色能排除私心杂念和各种障碍，黄色表示勤奋、勇猛和进取，蓝色则达到专心一意的禅定境界，而黑色则意味着"智慧"。佛教中所说的"智慧"，就是指已经进入成佛境界，这个时候凡人就会变成一朵洁白的莲花，佛世界里称之为"八叶莲台"。

有趣的是，普乐寺整个建筑的中轴线，恰与磬锤峰相对。据说，这并不是什么巧合，而是乾隆皇帝听取国师章嘉活佛建议特意安排的。他们认为，曼陀罗上的上乐王佛面向东方，做禅定的"双修"状，而佛教徒又把磬锤峰视为神物金刚杵，如此就构成了天人合一的佛法最佳境界。

安远庙

安远庙位于普乐寺东北，建于乾隆二十九年（1764年），占地2.6万平方米，因其仿照新疆伊犁

普度殿

普度殿是安远庙的主体建筑，外观四层，实际三层，平面呈方形。面阔、进深均为七间，三重檐，通高27米，一、二层为单檐，三层为重檐歇山黑琉璃瓦顶。

河北岸的固尔扎庙形制建造，所以俗称"伊犁庙"。

固尔扎庙是喀尔喀规模最大的一座寺庙，于乾隆二十一年（1756年）被阿睦尔撒纳溃军烧毁。等到叛乱平定后，乾隆皇帝就决定在承德避暑山庄重建固尔扎庙，这时已是乾隆二十九年（1764年）的事了。庙宇建成后，取名安远，意为安定远方，团结边疆各民族，巩固北部边防，维护国家统一。安远庙的建筑布局，方正而严密，主体建筑普度殿坐落在64间回房的中央，下层的墙上有藏式盲窗，而顶部则覆盖着别具一格的黑色琉璃瓦，这是外八庙中唯一覆有黑色琉璃瓦顶的佛堂。前面讲到黑色代表成佛的最高境界，由此可见这座庙宇的规格。

普陀宗乘之庙

普陀宗乘之庙是乾隆三十五年（1770年）为了庆祝乾隆皇帝60岁诞辰及第二年其母亲80岁大寿时建造的。它不仅取名为"布达拉宫"（"普陀宗乘"为藏语"布达拉"的汉译），建筑风格也是藏式的。寺庙整个布局分为三部分：前部包括山门、碑亭和五塔门；中部则有琉璃牌坊、白台和僧房等；后部由主体建筑大红台及周围的其他建筑组成。60余处单体建筑，被环寺一周的高大围墙所包围，而围墙又是依山势起伏而建，确是一组别致的建筑群。

穿过一座五孔石桥，开始把人们引进那汉藏式山门，首先呈现在人们眼前的是一座高大碑亭；绕过碑亭，迎面是五座喇嘛塔并立的五塔门，喇嘛塔造型各异，色彩不同，分别由红、绿、黄、白、黑五种颜色组成，象征着五尊佛；穿过五塔门，就可以看到一座五彩缤纷的琉璃牌坊，它表示到普陀宗乘之庙参拜的官员人等，只有王公、台吉和喇嘛可以通过琉璃牌坊登上大红台，其余官员不论品级大小，一律"在琉璃牌坊瞻仰"，即便是一二品的大员也只能到此留步，不得逾越。穿过牌坊，顺着石铺甬路沿坡登阶直上，就是普陀宗乘之庙

的主体建筑大红台了。

大红台全高43米，底座面积达1万多平方米，在这么宽大基座上建起25米高的红色大台，确实是建筑界的一大奇观。在大红台的中央，有一座用琉璃镶嵌的六层塔形佛龛，龛内供奉着无量寿佛，六层佛塔象征着乾隆皇帝的六旬庆寿。在大红台内，有三层群楼烘托着金碧辉煌的万法归一殿，这座殿堂的顶端覆盖着镏金铜瓦，在晴空丽日下金光闪耀，如同神话传说中的天上宫阙一般。

在万法归一殿内，除了供奉着珐琅塔、法器八宝和释迦牟尼外，还保存着两座紫檀"万寿塔"，塔上刻有10000个变体的"寿"字，同一个字数量上万，而每个字形又不相同，真称得上稀世之宝。

五塔门

五塔门高10多米，为藏式白台，白台之上排列有五座喇嘛塔，用彩色琉璃砖砌筑，门前有石象一对。

普陀宗乘之庙全景

  普陀宗乘之庙为承德避暑山庄外八庙中规模最大的建筑群，建成于清乾隆三十六年（1771年）。其主体建筑大红台位于山巅，通高43米，台中央的万法归一殿是主殿，殿顶部高出群楼，殿顶都用鎏金鱼鳞铜瓦覆盖。60余座（现存40余座）平顶碉房式白台和梵塔白台随山势呈纵深式自由布局，无明显轴线。

更为绝妙的是，万法归一殿那重檐攒尖顶上覆有镏金鱼鳞铜瓦，屋脊饰以波状镏金瓦，据说仅殿顶就耗用头等金叶达1.4万余两。除此以外，还有"慈航普度"和"权衡三界"两处亭殿，它们也都是镏金铜瓦盖顶。由此可见，乾隆皇帝当初建造普陀宗乘之庙耗费是多么的奢靡。

广安寺

广安寺位于普陀宗乘之庙和殊像寺之间，原是乾隆皇帝为母亲祝寿而修建的一座寺庙，不料1772年寺庙建成后皇太后却已薨逝，随即它便成为皇家举行法会的场所，又因为其主体建筑是戒台，故人们也习惯称之为"戒台寺"。

广安寺
此照片拍摄于清光绪二十六年（1900年）前后，当时的广安寺已破败不堪。

以藏式碉房风格为主体的广安寺，前后三进院落约占地10000平方米。方形白台的藏式山门呈圆拱形，门楣上方嵌有乾隆皇帝用满、汉、蒙、藏四种文字题写的"广安寺"匾额。穿过山门，则是平面呈"十"字形的二道门，以及门额上有乾隆皇帝亲题"持胜门"的三塔门，由这三道门组成的两个院落，建筑布局大体相同，唯有三塔门之后的戒台寺风格别致。戒台面阔为十一间，外观有二层，一层是实体台基，二层是立木架屋，实则为单层建筑，外面门楣上是乾隆皇帝题写的"戒台"匾额，殿内"精勤圆澈"匾也是乾隆皇帝所题。戒台，指的是佛教徒顶礼受戒的地方，据说乾隆皇帝就曾在此接受章嘉国师为他举行的授戒仪式。

进入戒台寺内，中心是一座大型禅台，上下三层都供奉各不相同的护法佛像，意思是众神护坛使修行者不受外道的干扰和侵袭。在戒台东南侧，也有一座平台楼，台正中是一座重檐攒尖方亭。只可惜，此寺在民国时期被拆毁。

殊像寺

乾隆二十六年（1761年），是皇太后的70岁寿辰，孝顺的乾隆皇帝陪同母亲到山西五台山去做佛事。五台山传说是文殊菩萨显灵的地方，建有殊像寺和文殊菩萨造像，这使皇太后很受触动，就"默识其像而归"。细心的乾隆皇帝看出了母亲的心思，为了满足皇太后的心愿，就决定在北京香山仿五台山殊像寺修建一座宝相寺，后来在承德避暑山庄也修建了一座殊像寺。

依山而建、布局严谨的殊像寺，采用中轴对称手法，将整个寺院分为前后两部，前部主要由山门、钟鼓楼、天王殿和主殿会乘殿组成，后部则由参差的假山点缀，并由磴道和涵洞通向宝相阁、清凉楼等建筑。主殿会乘殿是面阔七间、进深五间的重檐歇山顶建筑，其上有乾隆皇帝用满、汉、蒙、藏四种文字题写的"会乘殿"陡匾匾额，显得很是雄伟气派。大殿内的石须弥座上，供奉

着三尊金漆菩萨像，自东向西分别为骑坐白象的普贤、骑坐青狮的文殊和骑坐朝天吼的观音。

据说，文殊是"文殊师利"或"曼殊室利"的简称，而"曼殊"汉音接近于"满殊""满洲"，故有此特别的安排。在会乘殿两侧山墙的经格内，收藏有藏传佛教经典《大藏经》108套、《大藏全咒经》10套和《西番丹书克经》1部，这些都是乾隆皇帝当年组织人员历时18年才用藏、蒙、汉三种文字翻译而成的。此外，在经格中还贮存有乾隆皇帝亲手抄写的《药师琉璃光如来本愿功德经》4部和《千手千眼观世音菩萨广大圆满无碍大悲心陀罗尼经》

会乘殿

会乘殿位于殊像寺中心，面阔七间，进深五间，重檐歇山顶，覆黄琉璃瓦，下层有单翘单昂五踩斗拱，上层内缩为面阔五间，进深三间，用单翘重昂七踩斗拱。

4部，这也是乾隆皇帝笃信佛教的实证。

殊像寺会乘殿的后面，是一座经典的寺庙园林。它的假山体量庞大，错落有致，洞府通达，环境清雅，山路幽趣，富于变化，将山西五台山的胜景，用移地缩天手法融会在这里，这是园林艺术一次精妙的再创造。登上假山顶部，是一座九开间的两层小楼，乾隆皇帝亲题"清凉楼"三个字，就是因五台山有清凉山之称才题写的。这从楼上的楹联中可以得到佐证，楹联为：地上拈将一茎草，楼头现出五台山。

既有庄严肃穆的殿堂楼阁，又有别具一格的假

宝相阁

会乘殿北面顺势置假山，假山上有宝相阁，为八角重檐建筑。阁内的石质须弥座上有高11.6米的木雕文殊菩萨骑狮像，据说是仿照乾隆皇帝的外貌雕造。

山园林，像这种将宗教寺庙和山水园林巧妙融会在一起的寺庙建筑形式，不仅在外八庙中独一无二，就是在中国所有寺庙中也是少见的，它已经成为中国寺庙园林的典范杰作。

罗汉堂

坐北朝南的罗汉堂，完全是按照"伽蓝七堂"的法式进行营建的。据说，康熙六年（1667年）浙江海宁人张行极在海宁安国寺内建有一座罗汉堂，堂中塑造的五百罗汉像，法像端庄，线条优美，形象逼真，栩栩如生。后来，也就是乾隆二十九年（1764年）和乾隆三十年（1765年），乾隆皇帝两次南巡来到海宁安国寺观瞻，他对五百罗汉像的造型十分赞赏。回到北京后，乾隆皇帝就命避暑山庄的总管福海主持，仿照海宁安国寺造像式样也修建一座罗汉堂，待乾隆三十九年（1774年）建成时，乾隆皇帝欣然题写"罗汉堂"匾额。主体建筑天王殿，由65间殿堂组成，殿内四周和两侧通廊与中央"十"字形的部分打通，形成了"田"字形的房室，四周雕刻精致的石坛上就供奉有508尊罗汉像。因为承德的罗汉堂是皇家御题敕建，所以它的造像规范严整，造像艺术成就也是最高的。

罗汉，是梵文的汉译音，意思是学识高深的僧侣。而五百罗汉的来源，据《大藏经》中记载，释迦牟尼涅槃后，他的500弟子一共举行4次重要集会，将佛祖语录编成佛家经典文献《大藏经》。后来，人们为了纪念释迦牟尼和他弟子们的贡献，就在寺庙里供奉他和弟子的塑像，这就有了十八罗汉、五百罗汉或五百零八罗汉。不过，当罗汉传说进入中国后，中国人又将传统神话和理想人物加入罗汉行列，诸如济公、介子推、布袋和尚和关公等。

罗汉堂

此照片拍摄于1934年日据时期。1937年，日本人把罗汉堂当作军火库，把五百罗汉挪到了普佑寺。1947年，国民党十三军在修建城防和碉堡时，把罗汉堂拆毁，现仅存三间配殿和13棵古松。

须弥福寿之庙

须弥福寿之庙是乾隆皇帝为了迎接西藏六世班禅不远万里前来为他祝寿而建造，它完全仿照西藏日喀则的扎什伦布寺式样，所以又叫"班禅行宫"。须弥福寿，意思是像吉祥的须弥山那样多福多寿。乾隆四十五年（1780年）八月十三日，是乾隆皇帝70岁大寿，来参加皇帝万寿节庆祝活动的，除了蒙古诸部王公和外国使节外，还有不畏艰辛万里而来的西藏六世班禅额尔德尼·罗桑贝丹意希。为了表示对六世班禅的重视，乾隆皇帝效仿曾祖父顺治皇帝在北京接见五世达赖修建西黄寺的做法，下令以最快速度兴建这座须弥福寿之庙，以供六世班禅来承德避暑山庄时的住宿和讲经之用。

岂止外八庙

占地3.67万平方米的须弥福寿之庙，一共有前、中、后三部，前部是石桥、山门、碑亭和琉璃牌坊等前导建筑，中部为主体建筑大红台和妙高庄严殿，后部则是六世班禅及其弟子的住处万法宗源殿等，最后一座八角七层万寿塔是整个寺庙的最高点。

大红台与普陀宗乘之庙的大红台基本相同，在此不多说。值得书写的是妙高庄严殿，它是喇嘛们在黄教鼻祖宗喀巴像下进行进香和诵经的地方。高达29米的妙高庄严殿，殿顶全以镏金铜瓦覆盖，耗费黄金达15429两之巨，还不包括脊上的8条金龙。不过，这体积如此巨大的金龙却似腾云驾雾一样，显得轻盈而飘逸，实在称得上稀世瑰

妙高庄严殿

妙高庄严殿位于大红台裙楼围合而成的天井中心，高三层，面阔七间，是六世班禅讲经之所。

宝。在这座庄严的殿堂里，不仅乾隆皇帝和王公大臣们聆听过六世班禅的讲经和接受灌顶，甚至连乾隆皇帝最宠爱的幼女也请班禅大师进行摩顶，并受赐法名为"吉祥度母"。到了1980年，担任中国人大常委会副委员长、中国佛教协会名誉会长的十世班禅额尔德尼·确吉坚赞还曾在当时中国佛教协会会长赵朴初的陪同下，来到这座殿堂里参拜了宗喀巴和释迦牟尼像，并作了隆重的法事。所以说，须弥福寿之庙不仅是藏汉建筑艺术完美结合的一座杰出寺庙殿堂，也是中华各民族团结和睦的象征。

妙高庄严殿殿顶

妙高庄严殿三层上下贯通，重檐攒尖顶，覆铜质镏金鱼鳞瓦，四条屋脊各饰一上一下铜质镏金行龙两条，共8条金龙，每条重约1吨。

广缘寺

广缘寺位于普佑寺的东面，建于乾隆四十五年（1780年），占地面积4.5万平方米，虽然是由僧众出资建造、外八庙中最小也是最后一座寺庙，但其中的喇嘛却是由朝廷理藩院出银供养的。完全是汉族风格的广缘寺，是一座典型的四合院式寺庙建筑，它由山门、天王殿、大殿和佛楼等建筑组成，东、南、西三面是围墙，北面则以自然山岭做屏障，形成一座封闭而完整的长方形院落。山门正中石匾额上的"广缘寺"三个字，也是乾隆皇帝亲自

广承殿

广承殿是广缘寺的正殿，面阔五楹，进深一间，单檐硬山布瓦顶。殿内供奉全漆木雕三世佛：迦叶、释迦牟尼、弥勒。此为复建的广承殿。

题写。天王殿内供奉的布袋和尚和护法四大天王像，与其他寺庙没有什么大的区别。区别在于，天王殿建筑朴实，属硬山布瓦顶，且没有施加任何彩绘，这在外八庙建筑中也是很少见的。不过，简朴无华倒也符合佛家风格。

  简单游览了避暑山庄和周围寺庙等诸多景观，下面让我们共同走进它的艺术世界，去感受那无穷而万分诱人的魅力。

塞上明珠耀四方

承德避暑山庄早就有"紫塞明珠"的美称。虽然经历300年风雨洗礼，依然不失为中国古典园林的杰出代表，是中国古典园林艺术的集大成者。如今，承德避暑山庄及其周围寺庙已被列入《世界文化遗产名录》，成为世人游览观光之地。那么，避暑山庄及其周围寺庙到底有着怎样的魅力，这些魅力是通过什么手法表现出来的呢？避暑山庄的价值有哪些，这些价值是如何体现的呢？今天避暑山庄及其周围寺庙有着怎样的变化，今后又当如何发展和传承呢？

作为现今中国面积最大的古典园林，避暑山庄及其周围寺庙的首要价值自然是那无与伦比的园林艺术价值。自秦汉上林苑到明朝《园冶》问世，中国园林设计思想大都是以浓缩自然、概括自然、再现自然为上乘。而避暑山庄因为修建于封建社会晚期最为鼎盛的康乾时期，它不仅具有优越的政治环境，还有清朝统治者积极、主动、全面接受汉文化的良好文化环境，同时雄厚的经济实力等因素，也都是避暑山庄及其周围寺庙这颗"紫塞明珠"光照四方不可忽略的原因所在。

有了上述三个方面因素，还有就是如何选择适宜地点建造园林的条件。《园冶》中说：

园基不拘方向，地势自有高低；涉门成趣，得景随形，或傍山林，欲通河沼。……如方如圆，似偏似曲；如长弯而环壁，似偏阔以铺云。高方欲就亭台，低凹可开池沼。

这种极为高妙的造园相地理论，在避暑山庄选址造园中得到了淋漓尽致的体现，例如，单纯就避暑山庄地理环境而言，它既具有山水咸备且山势雄奇、水质优良的造园优势，同时又有富于变化的地理形势，这些都更加符合《园冶》中讲求的"相地合宜，构园得体"准则。当然，选择在热河上营（承德）建造避暑山庄还有着得天独厚的外在环境。首先，热河上营地处塞外，能起到"北压蒙古，南控京师"的政治作用，还是兵出北疆的战略要道，这对当时清政府安定北疆有着无可替代的作用和优势。其次，热河上营与首都北京的距离较为合适，奏章能够朝发夕至，往返最多不过两日，这对于处理京城突发事件是非常重要的。再次，热河上营有着"巧于因借"的绝美的造园地理环境。其中，最让康熙钟情的当数热河上营东面的"石挺"，即后来被他更名的"磬锤峰"。记得他曾有诗云：

　　纵目湖山千载留，白云枕涧报深秋。
　　巉岩自有争佳处，未若此峰景最幽。

　　确实，在避暑山庄最有名气的康乾七十二景中，几乎都是以观赏磬锤峰景观为主题的。当然，这也恰恰符合中国园林都设有一个中心景点的造园惯例，只不过避暑山庄的中心景点并不在园内，而是从园外借来的。

　　确定了如此绝妙的造园地点，接下来就是如何营造园林了。避暑山庄的造园艺术，贵在将典型建筑融合于自然山水之中，以不破坏山容水态、突出自然风貌为主旨，也就是说避暑山庄具有以真山真水而取胜的突出的园林艺术特点。不过，在这些突出的园林艺术特点中，我们限于篇幅要求只能以"借景"为例来解说它的园林艺术。首先，避暑山庄"借景"中最明显的一个特点就是"因高借远"。在避暑山庄的四周有西北的金山，东北的黑山，东面的磬锤峰、蛤蟆峰、罗汉峰，南面的僧冠峰，东南的鸡冠峰等，这些都引起了山庄当

塞上明珠耀四方

初设计者的密切关注。虽然这些"高地"距离山庄有数十里之遥，但通过造园者在山庄内四个制高点上分别建造四面云山、古俱亭、北枕双峰和南山积雪四个单体建筑，就有效地拉近了它们之间的视觉距离，使本不相干的远山变成避暑山庄一道不可忽略的远景。其次，在避暑山庄的"借景"艺术中，还有一个"俯仰互借"的特点。《园冶》中有"如遇泉水通过，就需引注石上，相互资借"的造园理论。这一点，在避暑山庄中不仅有所体现，且手法还大有突破。例如，雄踞高台平冈之上的"万壑松

磬锤峰

磬锤峰位于武烈河东岸，承德名山之一。山有巨峰，犹如妇人洗衣时用来打衣服的棒槌，故又称棒槌山。

风"，既可俯视湖区秀色，又可仰借北山雄姿。而当初，园林设计师们可是煞费了一番苦心，他们遵循"佳者收，俗者弃"的造园章法，先是把"万壑松风"的低凹处填平补齐，形成一个平坦台冈，然后才在上面修建松鹤斋等宫殿。如此，在"万壑松风"仰望僧冠白雪时，松鹤斋就能恰到好处地挡住承德市区的凡俗景象。再次，避暑山庄除了"借实"的手法外，还运用了在听觉、视觉、味觉和嗅觉上的"借虚"等手法。大师郑板桥在《题画·竹石》中说：

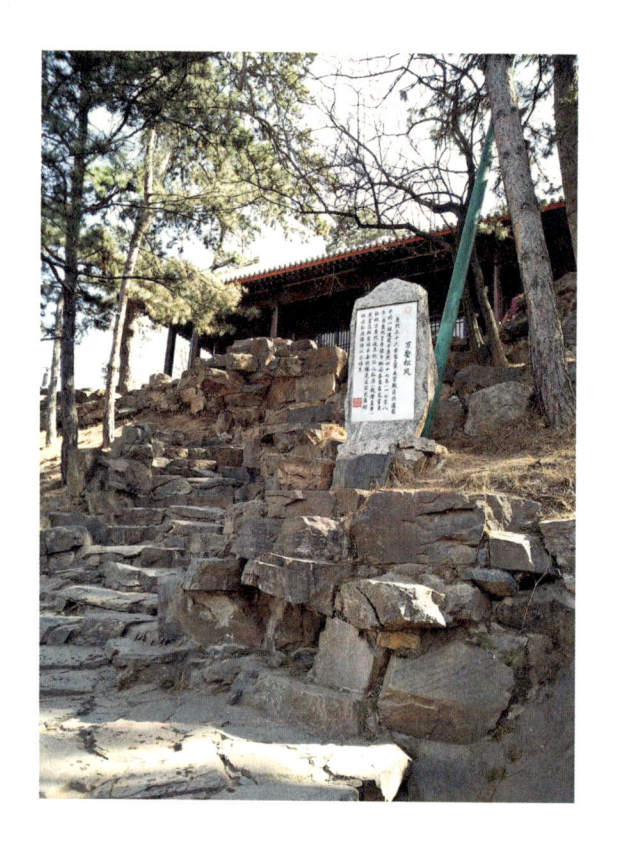

万壑松风

万壑松风主殿是宫殿区唯一打破坐北朝南格局的正殿，它坐南朝北，面阔五间，卷棚歇山顶，周围有廊，是康熙皇帝读书、批阅奏章、召见臣工的地方。

十笏茅斋，一方天井……风中雨中有声，日中月中有影，诗中酒中有情，闲中闷中有伴，非唯我爱竹石，即竹石亦爱我也。

郑板桥这种对风、雨、竹、石的赞许，就包含了中国造园艺术中的"虚借"手法。例如，在避暑山庄"水流云在"和"云容水态"的建造上，就是一个通过人们视觉上因水借影的典型范例。天上那朵朵白云，倒映在清澈的湖水中，而湖边亭台楼阁就好像建造在云朵中一样，这种通过视觉差别来渲染环境美的手法，实在是高妙至极。又如，避暑山庄因花借味达到人们嗅觉上美感的范例景点，还有"香远益清""曲水荷香""冷香亭""临芳墅""萍香泮"等；而听觉上因势借声范例的，也有"万壑松风""风泉清听""月色江声""远近泉声""玉琴轩""莺啭乔木"等。当然，在避暑山庄诸多景点中，还有借雨、借云、借月和借雾等多种手法，也都运用得非常巧妙。

在避暑山庄的园林艺术中，还有一个不能不提的特点，那就是"内外结合"手法。也就是说，避暑山庄与周围寺庙绝对不是两个部分，而是不可分割的一个整体。避暑山庄始建于康熙四十二年（1703年），十年后开始建造外八庙中第一座庙宇——溥仁寺，随后诸多寺庙逐渐形成一个群体。而在建造溥仁寺时，避暑山庄那长达10千米的虎皮宫墙也开始修建，它后来成为避暑山庄一大景观，还把庄内景点与庄外寺庙等融为一体。对此，也许有人会问宫墙建成后为什么不说是把两者隔开而是融为一体呢？是的，因为避暑山庄的宫墙在这里不单是防御设施，而且起到一种景观的点缀作用。试想，如果没有宫墙围护，只有山头、树木和建筑，就会显得空旷而不连贯。另外，长达10千米的高高宫墙，就像绵延不绝的万里长城一样，站在其上向东、向北眺望，有一种站在长城西端嘉峪关城楼上远望西北大漠之感，而当看到安远庙、普乐寺时，人们会联想到大漠以北的伊犁河畔；而看到北边的普陀宗乘之庙、须弥福寿之庙和普宁寺时，又会联想到喜马拉雅山下的青藏高原。可再回首宫墙之内，只见溪水长流，纵横于避暑山庄的各个角落，似乎寓意着中原那奔流不息的江河。这种囊括全国各地典型景物的"象外之象，景外之景"的造园艺术，同时还寓意着"溥天之下，莫非王土"的深刻含义。

避暑山庄及其周围寺庙不仅具有高妙的园林艺术价值，还有一种多层次的美学价值。避暑山庄的美在于一个"野"字。这种"野"之美主要有四种。

须弥福寿之庙全景

须弥福寿之庙又称"班禅行宫",是乾隆皇帝为迎接西藏六世班禅入觐朝贺乾隆皇帝七旬庆典而仿照班禅居所扎什伦布寺形制兴建的。

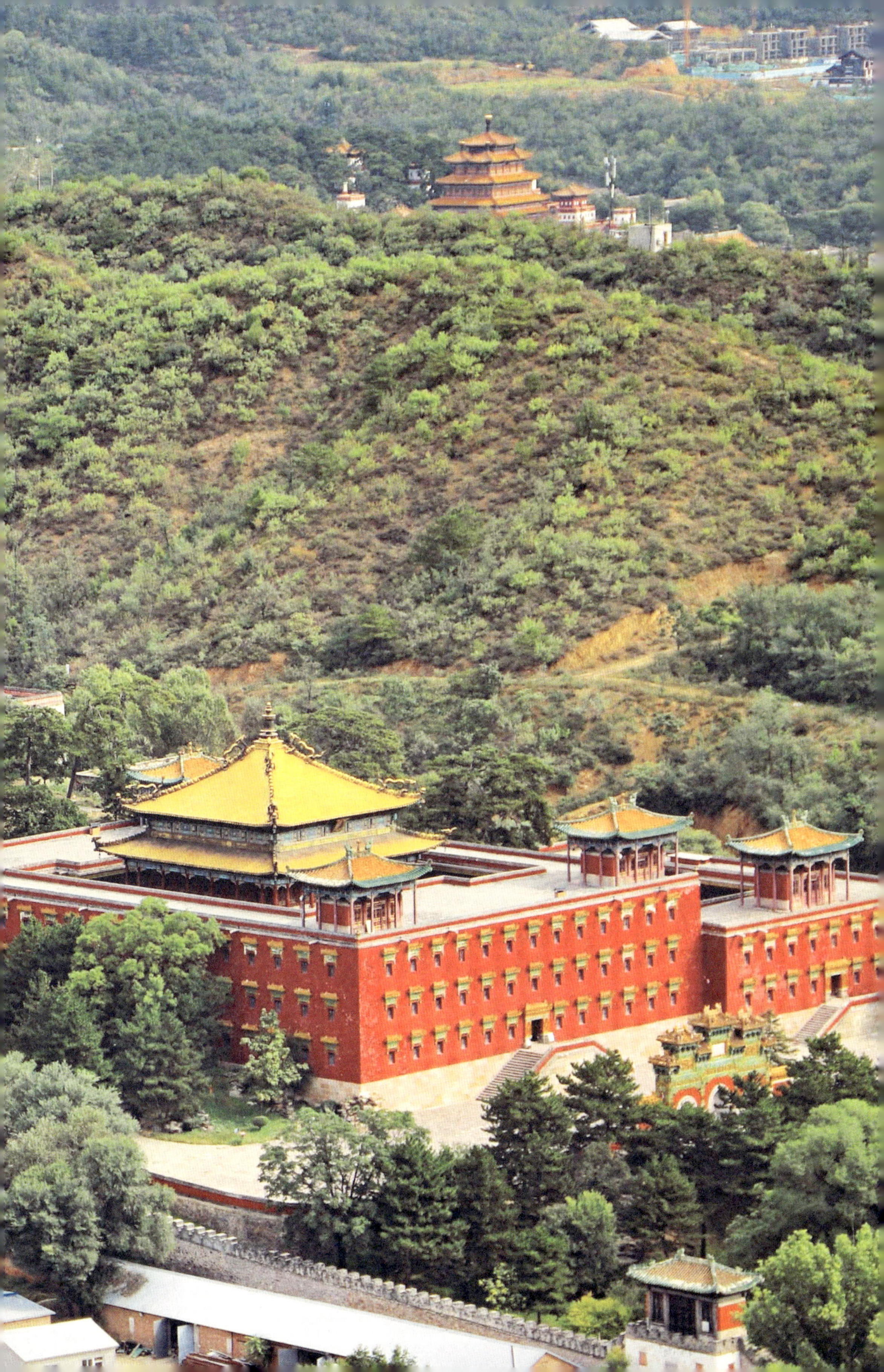

一是地势上的郊野美。主要体现在环境与距离对比中产生的一种美感。《园冶》有"郊野择地……去城不数里,而往来可以任意,若为快也"的论述。长年居住在富丽堂皇的紫禁城里的皇家人员,对于金碧辉煌已经是司空见惯了,而这种视觉上无数次机械的重复就难以引发人们的审美愉悦。于是,康熙等人就想着来到郊外的原野里寻找快感和美感。而承德避暑山庄,既有地辟荒野之情趣,又有"道近神京,往还无过两日"之便利,再加上未曾开发的茂密森林、潺潺流水、幽静山谷和肥沃草地,都与那灯火辉煌的紫禁城形成鲜明对比。

二是规模上的博大美。孔子曾说:

大哉,尧之为君也。巍巍乎!唯天为大,唯尧则之。

意思就是说,天是最大的,最美的;而只有尧才能称得上是天。由此可见,"大"在中国古代是一种美的表现形态。而西方美学所谓的崇高感,也通常把"大"与"野"相提并论。承德避暑山庄及其周围寺庙占地达5.64平方千米,不仅是中国最大的皇家宫苑,而且在以大为美的营造方面考虑甚多。首先是在景点的选址上,避暑山庄内没有一处景点能总览全园,所以无论游人走到哪里都不能"全园皆归一揽",这就使避暑山庄在无形中显得有无限大的感觉。其次是运用"借景"手法,把远处山峰和寺庙有效地"拉"到避暑山庄的景观范畴内,从而大大扩展了人们视觉上的景深。最后就是前文所说那10千米长的虎皮宫墙,它的主要作用是亦藏亦显,藏者多,显者少,使避暑山庄显得深远而无限。

三是形貌上的自然美。避暑山庄的营造,基本上是按照"自然天成地就势,不待人力假虚设"的指导思想,无论是山、川、林、泉,还是雉、兔、鹿、鹤等都是自然真实或不经人为驯化的。特别是在康熙年间,为突出避暑山庄的自然野趣，人们还在山庄里开辟瓜园，或者择地种植一些水稻，这都有效地渲染了这座皇家园林的田园色彩。

四是色调上的素淡美。作为皇家园林，避暑山庄建筑没有去追求那种雕梁画栋的皇家风范，而是以色调素淡见胜。例如，宫殿建筑基本上是采用北方民居四合院的形式进行修建，完全是青砖青瓦白灰勾缝，不饰以任何彩绘。这种素雅"淡装"，与北京故宫那强烈的"浓抹"形成一种鲜明的对比。

避暑山庄除了本身的自然美之外，还有一种人们心理感受上的崇高美。在人类的所有情感中，悲剧力量的震撼是最强大的，它也最能使人刻骨铭心。而这种悲剧的刻骨铭心，也就是美学范畴中的一种形态。避暑山庄的悲剧，不仅体现在自身上，也反映在劳动者身上。避暑山庄自身的悲剧，从本书第三、四部分的文字中已有反映，这里仅就因为修建避暑山庄而给劳动人民所造成的悲剧讲述一二。

众所周知，避暑山庄自1703年开始修建，到1792年基本完工，时间跨度长达89年，经历康、雍、乾三代皇帝。整个园林占地8460余亩，大小建筑有180余处，建筑面积也有10余万平方米，其规模是中国古典园林中之最大者。试想，建造这样一处皇家园林到底需要耗费多少民力和财力。下面仅就清宫档案中记载的避暑山庄部分单体建筑耗银奏销一例，来看一看当年修建避暑山庄的奢靡程度。

澹泊敬诚殿耗银：71525.17两；

文津阁耗银：30901.6两；

永佑寺舍利塔耗银：299240.33两；

文园狮子林耗银：76379两；

烟雨楼耗银：25639.41两；

戒得堂耗银：37927.395两；

普宁寺全景

   普宁寺依山就势，整座寺庙平面布局严谨，是一座典型的汉藏合璧寺庙。

塞上明珠耀四方

采菱渡（翻修工程）耗银：39102.175两；

食蔗居耗银：12111.75两；

山近轩耗银：30725.558两；

珠源寺宗镜阁耗银：65663.76两；

碧峰寺耗银：115652.291两；

碧峰寺油饰裱糊耗银：15888.93两；

广元宫耗银：65938.859两；

……

而耗费如此巨资银两，除了美其名曰从中央财政支付外，自然免不了要从广大劳动人民手中抽取。当然，中央财政同样也是由劳动者缴纳的。而在耗费巨资的同时，清政府还要在全国范围内调集民工、劳役，以及各种建筑材料。清宫内务府奏销的档案中记载，仅乾隆三十三年（1768年）到乾隆三十九年（1774年）的6年时间里，就砍伐各类松树365549棵。而最珍贵的楠木用料，都是产于四川、广东、广西、福建和贵州等地的深山老林中，这些地方不仅人烟稀少，常有狼虫虎豹出没其间，而且森林中那有毒的瘴气更是人们所无法躲避的。即便克服种种艰难，砍伐楠木之后，也不能及时运往山外，而要等到雨季山洪暴发时通过洪水将木材冲下山，然后再由水路用木筏辗转运送到承德避暑山庄工地上。所以，当地人形容伐木之苦、之险时说："入山一千，出山五百，苦可知也。"这些不过仅仅是伐木一项工作，而那些要求精细、美妙、高超的雕刻、彩绘、冶炼、铸造和织绣等工艺，又是怎样的艰难和辛劳呢？在如此繁重的劳役和赋税下，当年的避暑山庄周边曾是哀鸿遍野、饿殍塞路，其悲惨凄凉的景象实在让人目不忍睹。马克思在《1844年经济学哲学手稿》中曾写道："劳动创造了宫殿，却为劳动者创造了贫民窟。"当然，马克思还提到"劳动创造了美"，但这种美"却使劳动者成了畸形"。

然而，畸形的不仅是避暑山庄带给古代劳动者的，还有现代人带给今天这颗"紫塞明珠"的。2001年5月，中国中央电视台报道了承德当地文物保护部门某下属单位，在世界文化遗产地、全国重点文物保护单位——承德避暑山庄内划地50亩、耗资388万元建起一处野生动物园。消息传出，顿时使世人诧异万分，且不说在避暑山庄内建造野生动物园，是严重违反《中华人民共和国文物保护法》和违背《保护世界文化和自然遗产公约》的行为，也不说其并不被看好的市场前景何时才能收回那388万元的先期投入，单单试想一下，在肃穆幽静的古典皇家园林中，修建一处专供飞禽猛兽喧嚣的园地，其景象该是怎样的怪诞和荒谬呢？

虽然当年那怪诞事情已经成为过去，如今避暑山庄也重新闪耀着"紫塞明珠"的光芒，只是不知昔日的愚蠢何时还会重来，这真是一件让人提心吊胆的事。